青少年求知文库
QingShaoNian QiuZhiWenKu

思想改变世界

高 扬 编

吉林人民出版社

图书在版编目（CIP）数据

思想改变世界 / 高扬编. — 长春 : 吉林人民出版社, 2010.7（2021.3重印）

（青少年求知文库）

ISBN 978-7-206-06879-9

Ⅰ. ①思… Ⅱ. ①高… Ⅲ. ①思想史—世界—青少年读物 Ⅳ. ①B1-49

中国版本图书馆CIP数据核字(2010)第120392号

思想改变世界

编　　者：高　扬

责任编辑：门雄甲

吉林人民出版社出版（长春市人民大街 7548 号　邮政编码：130022）

印　刷：三河市燕春印务有限公司

开　本：700mm×970mm　　1/16

印　张：13　　　　　　字数：110 千字

标准书号：ISBN 978-7-206-06879-9

版　次：2010 年 7 月第 1 版　　　印　次：2021 年 3 月第 2 次印刷

定　价：39.00 元

目　录

思智远怀篇

书香静思篇

灵犀

◎ 孙 荪

无法计算出来你从朋友那里获得多少东西，即使有多少方方面面你也无法计算。更可贵的还不是这种方面和数量，而是那种心灵的碰撞、交流，以及由碰撞交流所带来的精神的“生长”。

有朋友寄来一张贺年卡，上头写下了一段话：人生在世的福祉莫过于有几个可以推心置腹的朋友。

我以为这是节日最好的礼物。我甚至能感觉到朋友写这些字时的激动。

当我第一眼看见这句话时，想起一位伟人也说过类似的话，后来想清楚是爱因斯坦说的：世界上最美好的东西，莫过于有几个头脑和心地都很直的朋友。但我这朋友的话比爱氏的话还要更蕴藉也更浓烈些，起码对于我。

是的，“福祉”！是的，“推心置腹”！

这该多么美好，又是多么难得。

情不自禁地，我的精神夜空被打开了，由于这句话。我看见一颗颗亮晶晶的星星，那是朋友的眼睛，熟悉的眼睛，发生过交流的眼睛，互相摄照过的眼睛。在星星的背景上，我看见幽邃的夜空，那是透明的夜空，我像爱克斯光师看到一颗颗跳动的心脏，朋友的心脏。我感觉到那些心脏的跳动和我的一样，节拍一样。

这是一个珍藏的秘密，一个秘密的珍藏。心灵需要的时候，只要一片回忆，一段声音，一幅画面，一个镜头，就感到神宁而气畅。这是关于朋友的回忆。

说出心灵秘密的，才是朋友之间的谈话。一次，几位朋友一起谈到人类寻找自己的精神家园的时候，一位朋友沉思着说：

“在大学读书时，深秋时节，我在下午跑到一个山麓，这是人迹罕至的地方。人在绿茵茵的草地上躺下来，听着鸟叫，看着红叶，渐渐地，忽然地，我听到一种未曾听到过的声音——无穷无尽的树叶被冥冥之中操纵着的千百双手啪啪叭叭地弹起来，像弹一曲大自然的乐曲。在钢琴房里，在古筝演奏会上，都听不到这样美妙的音乐。这时候，一种神秘感弥漫周身，我感到通体舒畅，沉醉。我感到，我真正的家园找到了。”

“这就是被人们称作审美的体验和境界，也就是艺术家的感觉。”另一位朋友郑重地评说着，同时沉思着说：“我也有过类似的体验。”

我有一次子夜时分从外地回到家里来，走进校园的树荫下，才发现月色美妙极了，从树叶的空隙漏下来的月光，各式各样，呈无数种图案，而且闪闪灼灼，明明暗暗，摇曳流动，仿佛在耳语，在亲昵，在传递着一种温柔、一种甜美、一种预言、一种惊恐。此时，一种梦幻感，一种忘我感在我心中盘桓。我感到一路的疲劳都消失了，一种新鲜的东西在等着我。我知道，我是在想念妻子。愈是快要见面时，想念得愈强烈。

坦诚，朋友之间的谈话就是这样。坦率地评论别人，也真诚地袒露自己。

无声的春雨，无痕的春风，滋润人的心田而不自知，抚慰人的灵魂而无感觉。

朋友之间就应该这样，把心里的世界和盘托出，让朋友能看到，并且能进入。这又使我想起一个朋友讲的一个故事。

那是他亲身经历的：

那是一篇散文或者散文诗式的东西。他写到他在田野里看到一只鹰，它的一只翅膀被折断了侧卧在庄稼地里。这是一只受伤的鹰，他很怜悯它，要把它抱回家里去把它的伤养好。但当他走近鹰的身旁时，他乍见它的整个神态仍然那样庄严威武，一双眼睛仍然高傲地俯视着人间和苍茫大地，脖颈也昂得直直的，没有一点失败者的颓相。他心里起了敬意。直到他小心翼翼地抱起它受伤的翅膀，它好像不接受这怜悯似的，一直用它的利喙啄他的胳膊。他把它抱回了家，把它放进一只大笼子里，以免被别的动物伤害。他给它敷药，给它饲肉。不久，伤好了。他打开笼子要放走它。但是它的翅膀不愿捕动，它不愿飞走了。这时候，他心里涌起一阵悲哀，一种极度的失望情绪笼罩了他。

这故事已经讲过很久，我还能复述出来。我相信那受伤的鹰的故事已经经过朋友的口不自觉地加工过了。我如果看到发表出来，一定会喜欢，但是我怦然心动的是，由这个故事我似乎发现了一种对应性的联结，我看到了朋友心灵深层的世界，我感到了精神中那种崇高的东西我对他增加了敬意。

确实无法计算出来你从朋友那里获得多少东西，即使有多少方方面面你也无法计算。更可贵的还不是这种方面和数量，而是那种心灵的碰撞、交流，以及由碰撞交流所带来的精神的“生长”。总之，还是朋友的话对，有几位可以推心置腹的朋友，真是一种难得的福祉。

通常人们说心有灵犀一点通，这灵犀不正是由那心灵的碰撞、交流而来的吗？一次的碰撞又怎能不带来精神的升华。

哲人二章

四个成人童话

信怀南

在大阳出来的时候，非洲草原上的动物就开始跑了。狮子知道如果它跑不过最慢的羚羊，它就会饿死。对羚羊来说，它知道如果它跑不过最快的狮子，它就会被吃掉。

童话一：从前有一个人，他很不喜欢他的邻居，为什么？也许他的邻居曾经得罪过他吧。有一天这个人的牛不见了，他越看他邻居越像是偷他牛的人。又过了几天，他的牛居然又回来了。于是他再看他的邻居，样子好像又不像是偷牛的人了。

也许你们会问："这个故事的要点在哪里？和我们有什么

关系？”别急，这个故事告诉我们两件非常重要的事：第一，人绝对不能心里有成见。所谓成见就是：如果你假定一个人会偷你的牛，那你会越看他越像偷牛的人，直等到有天牛回来了，他的嫌疑才会洗清。第二，不幸的是在我们的一生中，常常会被人冤枉成为偷牛的人，但牛又永远不会自己回来，岂不是一辈子会被人视为偷牛的吗？我很抱歉地说：“的确如此。因此我们自己对自己的信心很重要。”如果我不是偷牛的，就算别人硬说我是偷牛的，也不应该影响我对自己和整个世界的看法。一个没有自知之明的人，不会是个快乐的人。

童话二：有两个人结伴到山里去露营，晚上睡觉的时候一个人问另一个人：“你看到什么呀？”另一个回答说：“我看到满天的星星，深深感觉到宇宙的浩瀚，造物者的伟大，我们生命是何等的渺小和短暂……那你又看到什么呢？”那个先开口问话的人冷冷地回答道：“我看见有人把我们的帐篷偷走了。”

你们也许会问：“这两个人的看法哪个比较正确啊？”我的答案是：两个人都对。在我们一生中会遇到很多情况，尤其是困难的事情，我们必须要考虑到长程和短程的冲击。如果我们只顾到长程，只谈人生哲理，忘掉人活着还需要油、盐、柴、米、酱、醋、茶等开门七件事，就很可能会饿死。但如果我们活着只看到目前实际的生活而忽略了除填饱肚子外，还要靠些比较遥远、比较抽象的东西为满足我们的好奇心，那生活多么乏味啊！一个不能平衡远程和近程需要的人，一个没有想像空间的人，不会是一个快乐的人。

童话三：两人在树林里过夜。早上，突然从树林里跑出一头大黑熊来，两个人中的一人忙着穿球鞋。另一个人对他说："你把球鞋穿上有什么用？我们反正跑不过熊啊！"忙着穿球鞋的人说："我不是要跑得快过熊，我是要跑得快过你。"

你们长大面临的世界，是一个充满变数并且竞争非常激烈的世界。因此比跑得快不快，很可能成为决定成功和失败的关键。

"快"、"好"、"能干"、"聪明"其实都是相对的形容词，有的时候，知道我们竞争的对手是谁非常重要。

童话四：在太阳出来的时候，非洲草原上的动物就开始跑了。狮子知道如果它跑不过最慢的羚羊，它就会饿死。对羚羊来说，它知道如果它跑不过最快的狮子，它就会被吃掉。

你们长大后，有的会变成狮子，有的会变成羚羊，但面对的竞争和求生的挑战是一样的。因此，你们一定要有跑赢别人的智慧和勇气，否则很可能不是饿死，就是被吃掉。

成功路上四盏灯

朱永康

第一盏灯——方向之灯

"如果你不知道自己的方向，你就会谨小慎微，裹足不前"。

不少人终生都像梦游者一样，漫无目标地游荡。他们每天都按熟悉的“老一套”生活，从来不问自己：“我这一生要干什么？”他们对自己的作为不甚了解，因为他们缺少目标。

制定目标，是意志朝某个方向努力的高度集中。不妨从你渴望的一个清楚的构想开始，把你的目标写在纸上，并定出达到它的时间。莫将全部精力用在获得和支配目标上，而应当集中于为实现你的愿望去做、去创造、去奉献——制定目标可以带来我们都需要的真正的满足感。

自己设想正在迈向你的目标，这尤为重要。失败者常常预想失败的不良后果，成功者则设想成功的奖赏。从运动员、企业家和演说家中，我屡屡看到过这样的情况。

第二盏灯——交往之灯

“结交比你更懂行的人”。

我父亲17岁时离开北卡罗来纳州的农场，只身前往巴尔的摩马丁飞机公司求职。在被问到他想做什么工作时，父亲回答说：“干什么都可以。”

他解释说，自己的目标是学会厂里的每一项工作，他乐意去任何一个部门。父亲被录用后，一旦管理员确认他的工作不比别人的逊色，他就提出去不同的另一个部门，重新从头开始。人事主管同意了这一不寻常的请求。到父亲年满20岁时，他已从这家大工厂脱颖而出，承担起实验方案的攻关工作，薪水相当不菲。

父亲只要去一个新的部门，总是去向经验丰富者请教。而一般的新手通常会避开这种人，生怕靠近他们会使自己看上去像个初出茅庐者。

我父亲向这些人请教他所能想到的每一个问题。他们也很喜欢这个不耻下问的年轻人，遂把自己摸索出来、别的人从未问过的捷径指给他。这些热心人成了我父亲的良师益友。

无论你的目标是什么，都要计划跟那些比你更懂的人发展关系，把他们作为你努力的榜样，不断调整、改进自己的工作。

第三盏灯——梦想之灯

“成功者不过是爬起来比倒下去多一次”。

成功者与失败者之间最大的区别，通常并不在于毅力。许多天资聪颖者就因为放弃了，以至功亏一篑。然而，成就辉煌时人绝对不会轻言放弃。有人说得好，成功者不过是爬起来比倒下去多一次而已。

有一天我去上班时，碰见了丹尼尔·卢迪——他现在是一位富于鼓动性的演说家。卢迪在伊利诺伊州乔列特长大，从小就耳闻圣玛丽大学的神奇传说，梦想有一天去那儿的绿茵场踢足球。朋友们对他说，他的学习成绩不够好，又不是公认的体育好手，休要异想天开了。因此，卢迪抛弃了自己的梦想，到一家发电厂当工人。

不久，一位朋友上班时死于事故，卢迪震骇不已，突然认识到人生是如此短暂，以致你很可能没机会追求自己的梦。

1972年，他在23岁时读印第安纳州圣十字大学预科班。卢迪在该校很快修够了学分，终于转人圣玛丽大学，并成为帮助校队准备比赛的“童子军队”的一员。

卢迪的梦想很快要成真了，但他却未被准许穿上比赛的球衣。翌年，在卢迪多次要求后，教练告诉他可以在该赛的最后一场穿上球衣。在那场比赛期间，他身着球衣在圣玛丽校队的替补队员席就座。看台上的一个学生呐喊道：“我们要卢迪！”其他学生很快一起叫喊起来。在比赛结束前27秒钟时，27岁的卢迪终于被派到场上，进行最后一次拼抢。队员们帮助他成功地抢到那个球。

我17年后同卢迪再次相遇，是在圣玛丽大学体育馆外的停车场。一个电影摄制组正在那儿，为一部有关他的生平的电影拍外景。卢迪的故事说明：你只要怀有一个梦想，便没有办不到的事。

第四盏灯——进取之灯

“回顾并更新你的目标”。

不时重新看看你的目标表，如果你认定某个目标应该调整，或用更好的目标取而代之，就要及时修改。当你达到了自己的目标，或是向它迈进了一步时，不妨庆祝一下。用你所喜欢的任何方式，来纪念那一特殊的时刻，重燃理想之火。

但不应该就此止步。在一个目标达到后，许多人便松懈下来了。正因为如此，今年排名第一的销售代理，很可能成为明日黄花。

我在一幢旧宅里住了多年。每当我在寒冷的日子调温度调节器时，年代久远的取暖炉必定燃烧得更旺，直到温度升上新的一档。一达到我定的温度，它便自己停下来，温度不再往上升。

人类也趋向于像那个取暖炉。我们很容易满足于自己已达到的目标，不再要求上进。其实，为了不让希望落空，我们应当制定新的目标，不断向新的高度攀登。

人要有梦想，但要不断调整自己的航向，航向正确了，才会走得远。

脚步声

陆文夫

有一种鸟是没有脚的，它只能够一直的飞呀飞呀！飞累了就在风里面睡觉，这种鸟一辈子只能下地一次，那一次就是它死亡的时候……

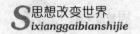

我走过湖畔山林间的小路，山林中和小路上只有我，林鸟尚未归巢，松涛也因无风而暂时息怒……突然间听到了自己身后的脚步声，这声音不紧不慢，亦步亦趋，紧紧地跟着我。我暗自吃惊，害怕在荒无人烟的丛林间碰上了剪径。回过头来一看，什么也没有，那声音原来是自己的脚步。

照理不应该被自己的脚步声吓住，因为少年时我就在黑暗无人的旷野间听到过此种脚步声。那时我住在江边的一个水陆码头上，那里没有学校，只有两里路外的村庄上有一位塾师在那里教馆，我只能去那里读书。那位塾师要求学生们苦读，即使不头悬梁、锥刺股，也要“闻鸡起舞”。所谓闻鸡起舞就是在鸡鸣时分赶到学塾去读早书。农村里没有钟，全靠鸡报时。雄鸡一唱天下并不大白，鸡叫头遍时只是曙色萌动，到天下大白还有一段黎明前的黑暗。我在这黑暗中向两里之外的学塾走去，周围寂静无声，却听到身后有沙沙的脚步声，好像是谁尾随我，回头看时却又什么也没有。那时以为是鬼，吓得向前飞奔。无论你奔得多快，那声音总是紧紧相随，你快它也快，你停它也停。奔到学塾里上气不接下气地告诉塾师，塾师睡在床上教导我说：“你不要怕鬼，鬼不伤害读书人。你倒是要当心，坏人会来剥你的衣裳，抢你的钱。”

老师的教导我终身不忘。多少年来在黑暗的旷野中行走时从来不怕鬼，只怕人，怕人在暗地里给一拳，或者是背后捅一刀。不过，这种担心近年来也淡忘了，因为近年来我很少在黑暗的旷野中行走，也很少听到自己的脚步声。

是的，我听不到自己的脚步声已有多年了。多年来在繁华的城市里可以听到各种各样奇妙的声响：有慷慨的陈词，有喊喊的私语；有无病的呻吟，也有无声的哭泣；有舞厅里重低音的轰鸣，也有警车呼啸着穿城而过……喧嚣，轰鸣，什么声音都有，谁还能听到自己的脚步？要想听到自己的脚步声，好像必须是在寂寞的时候，在孤苦的时候，在泥泞中跋涉或是穿过荒郊与空林的时候。这时候你才能清晰地听到自己的脚步声，那么沉重，那么迟疑，那么拖沓而又疲惫；踯躅不前时我空有叹息，无故狂奔后不停地喘息。那种脚步声能够清楚地告诉你，你在何处，是从哪里来，又欲走向何处。那脚步声还会清楚地告诉你，它永远也不可能把你送到你心中的目的地。

在都市的喧嚣声中，凡夫俗子们不可能听到自己的脚步声。你一出门，甚至不出门便可听到整个世界有一种嗡嗡的轰鸣，分不清是哭是笑是哽咽，分不清是争吵不休还是举杯共饮，分不清是胡言乱语还是壮志凌云，分不清那事物到底是假是真，分不清来者是哪个星球上的人，弄到最后你自己也分不清自己了。人人都好像不是用自己的脚在走路，而是被一种看不见的力量在往前推。很难听得见自己的脚步声了，只听得耳边呼呼风响，眼前车轮滚滚，你不知道是在何处，忘记了是从哪里来，又到哪里去。行动就是一切。

偶尔回到空寂的林间来了，又听到自己的脚步声。听到这种声音的时候，似乎觉得有一股和煦的风、一股清冽的水穿过心头。好像又回到了青年时代，好像回到了孤寂的时候。仔细听听，还是那从前的脚步声，悠闲而有些自信，只是声音变得更加轻微，还有疲惫之意。是的，我从乡间走来，迈过泥泞的沼泽，走过的碧野千里，那脚步当然会失去原有的弹跳力。可它还是存在着，还是和我紧紧相随，有这一点也就聊以自慰。我不希望那脚步会把我送到我心中的目的地，那个目的地是永远也不会到达的。如果我能到达的话，后来者又何必去跋涉？

心中的目标虽然难以达到，脚步却也没有白费，每走一步都是有收获的。痛苦是一种收获，艰难是一种收获，哭泣也是一种必不可少的体验，要不然你怎么会知道欢乐、顺利和仰天大笑是什么滋味？能走总是美好的。我不敢多走了，在湖边的岩石上坐下来，想留下前面的路慢慢地走，不必那么急匆匆地一下子就走完。

太阳从不担心明天的路，一下子便走到了水天相接处，依偎在一座青山的旁边。我向湖中一看，突然看见有一条金色的光带铺在平静的湖水上，从日边一直铺到我面前，铺到我脚下的岩石边，像一条宽阔的金光大道。只要我一抬脚，就可以沿着这条金光大道一直走到日边，走到天的尽头，看起来路途也不遥远，走起来也十分方便。这种景象我见过多次了，它是一种诱惑，一种人生的畅想曲，好像生活的路就是一条金色的路，跃身而下就可以走到天的尽头，走到你心中设想的目的地。可你别忙，你只需呆呆地在岩石上多坐片刻，坐到太阳下沉之后，剩下的就只有一片白茫茫的湖水，你没有金光大道可走，还得靠那沉重的脚步老老实实地挪向前。

我们每天都在不停地走，每个人都为了生活去奋斗，曾经多少次我们想停下来去看看自己的脚步，但是我们的眼睛只是看到了前面的路。生命不止，奋斗不止，我们的路一直朝前走，我们能听见自己的脚步声。

借你一个微笑

◎ 杨保中

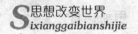

有首歌这样唱道：生活是一杯酒，怎能没有酸甜苦辣？生活是一条路，怎能没有坑坑洼洼？生活是一团麻，也有解不开的疙瘩？是啊！生活是苦与乐谱成的交响曲。不如意事常八九，我们应以怎样的心态去面对呢？是忧心忡忡还是以微笑的心态去面对呢？

李俊是个性格内向的学生，阅完的试卷一发下，我发现他眉头又锁到一起了，他只得了58分。

一个从来不及格的学生，自信心有多差就不用说了。

我合上教案面无表情地走出了教室，李俊跟了上来，他喉头动了一下，然后眼泪就要掉下来了。我站住，等他说话。同学们也围了上来，他的脸涨得通红。我静静地站着，希望他能开口，但他的嘴唇好像紧紧锁住了似的。

他递过一张纸条：老师，我的物理太差，您能不能每天放学后为我补一个小时的课？

我可以马上答应他，但面对这样的一个学生我决定“迂回”一下。我牵着他的手到僻静处说：“老师答应你的要求，可这两天我太忙，你等等好不好？”他有些失望，但还是点点头。我知道他中计了，接着说，“你必须先借一样东西给我！”他着急起来，可还是说不出一句话。

“你每天借给我一个微笑，好不好？”

这个要求太出乎他的意料，他很困惑地看着我。我耐心地等待着，他终于眼噙泪花艰难地咧开嘴笑了，尽管有些情不由衷。

第二天上课，我注意到李俊抬头注视我，我微笑着，但他把脸避开了，显然他还不习惯对我回应。我让全班一起朗读例题，然后再让他重读一遍。他没有感觉我为难他，大大方方地站起来读了。也许想起了昨天对我的承诺，读完后，很困难地对我笑了笑。见他这样，我心生一计，又给他设置了一道障碍。我说，你复述一下题目的要求，这回他为难得快要哭了。不少同学对他的无能表现得很不耐烦，七嘴八舌地争着说起来，我制止住了大家。他终于张口了，语无伦次。我笑着让他坐下。他开始和同学来往了，一起上厕所，回教室……这样过了好长一段时间，谁都没提为他补习的事。一天下课，李俊又拦住我，我知道他要干什么，很幽默地向他摊开手。他一愣："老师您要什么？"我说："你写给我的条子呀。"他笑了："我不写条子了，您给我补补课吧。"我面带笑容："功课你不必着急，到时我会主动找你的，但我向你借的你还没给够我。"

"好的，我一定给足您。"等他高高兴兴又蹦又跳地走出好一段路后，我才像想起来什么似的把他叫回来，递给他一张纸条，那里有我为他准备的一道题。我告诉他，一天之内把它做出来，可以和同学讨论也可以独立完成。我知道，他宁可"独吞"，也决不会和同学讨论的。这正是性格内向学生的最大弱点。下午他说还没做出来，我有点不高兴，说晚自习你还没做好，我可要收回承诺了。自习时我见他站在一个男生边上，忸忸怩怩很不自然的样子，我得意地笑了。就这样，我先后为他写了 4 张纸条，题目一次比一次难。后来，纸条一到手他就迫不及待地和同学们争论开来。

期末考试李俊成绩尚可，科科及格，看来我为他补的都差不多了。新学期刚开学，李俊休学了，因为他爸遇车祸瘫痪了，而他自小就被妈妈遗弃了，这也是他忧郁的一个原因。我有些担心，一个连话都不大愿说的少年，能担负起养护父亲的责任吗？

星期天，我和几位朋友到茶室聊天。刚坐下就被一群小孩子围上了，硬要为我们擦皮鞋。只有一个小孩没冲进来，在外面吆喝着：擦皮鞋擦皮鞋！……离开茶室，我从那个小孩子面前走过时，发现那孩子竟是李俊！

“老师，让我为您擦一次皮鞋吧。”他说道，脸上没有腼腆也没有沮丧。我答应了，伸过鞋子让他很用心地擦着。他一边擦一边说，他虽然不缠人，生意也不错。顾客告诉他，他的笑容很好看。

我说是吗？他又笑着告诉我，不久他还会复学的。他学会了笑，他的笑让他挣半天钱也能养活他和爸爸了。

我也高兴起来，我说我一定等你回来。可转过身，我的泪水就出来了。李俊大声地在后面喊，老师您要笑呀，您不要哭！我点点头，反而呜咽有声了。

我终于没有给他补课，是他为我补了一堂人生课。

作为一名优秀教师，他以一个独特的方式来帮助李俊找到本身所缺少的东西。对差生，他没有放弃，也没有责骂，他以一颗包容、平等的心去对待，这是很多教师无法比拟的。虽然他没有给李俊补到课，但是他确实给李俊补了一“课”，补了一堂对李俊终生受益的课，给李俊生命带来了一片蓝天。

行使拒绝权

◎ 毕淑敏

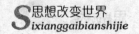

悠悠岁月，岁月悠悠，在漫长的人生中，每个人的世界都不可避免会遇到一些难题，遇到一些诱惑，等着我们去抉择。这时，学会理智的拒绝是我们勇往直前的法宝。否则，我们一路走来，一路拾着路边的诱惑，这也想要，那也想留，拖泥带水的不愿舍弃，我们最终只会像一只负重的蜗牛一样，被背上沉重的欲望压得再也迈不开步子。

拒绝是一种权利，就像生存是一种权利一样。古人说，有所不为才能有所为。这个“不为”，就是拒绝。人们常常以为拒绝是一种迫不得已的防卫，殊不知它更是一种主动的选择。

纵观我们的一生，选择拒绝的机会，实在比选择赞成的机会，要多得多。因为生命属于我们只有一次，要用惟一的生命成就一番事业，就需在千百条道路中寻觅仅有的花径。我们确定了“一”，就拒绝了九百九十九。拒绝如影随形，是我们一生不可拒绝的密友。

我们无时无刻不是生活在拒绝之中，它出现的频率，远较我们想像得频繁。你穿起红色的衣服，就是拒绝了红色以外所有的衣服。

你今天上午选择了读书，就是拒绝了唱歌跳舞，拒绝了参观旅游，拒绝了与朋友的聊天，拒绝了和对手的谈判……拒绝了支配这段时间的其他种种可能。

你的午餐是馒头和炒菜，你的胃就等于庄严宣布，同米饭、饺子、馅饼和各式各样的煲汤绝缘。无论你怎样逼迫它也是枉然，因为它容积有限。

你选择了律师这个职业，毫无疑问就等于拒绝了建筑师的头衔。也许一个世纪以前，同一块土地还可套种，精力过人的智慧者还可多方向出击，游刃有余。随着现代社会的发展，任何一行都需从业者的全力以赴，除非你天分极高，否则兼做的最大可能性，是在两条战线功败垂成。

你认定了一个男人或是一个女人为终身伴侣，就斩钉截铁地拒绝了这世界上数以亿计的男人或女人，也许他们更坚毅、更美丽，但拒绝就是取消，拒绝就是否决，拒绝使你一劳永逸，拒绝让你义无反顾，拒绝在给予你自由的同时，取缔了你更多的自由。拒绝是一条单航道，你开启了闸门，江河就奔涌而去无法回头。

拒绝对我们如此重要，我们在拒绝中成长和奋进。如果你不会拒绝，你就无法成功地跨越生命。拒绝的实质是一种否定性的选择。

拒绝的时候，我们往往显得过于匆忙。

我们在有可能从容拒绝的日子里，胆怯而迟疑地挥霍了光阴。我们推迟拒绝，我们惧怕拒绝。我们把拒绝比作困境中的背水一战，只要有一分可能，就鸵鸟式地缩进沙砾。殊不知当我们选择拒绝的时候，更应该冷静和周全，更应有充分的时间分析利弊与后果。拒绝应该是慎重思虑之后一枚成熟的浆果，而不是强行捋下的酸葡萄。

拒绝的本质是一种丧失，它与温柔热烈的赞同相比，折射出冷峻的付出与掷地有声的清脆，更需要果决的判断和一往无前的勇气。

你拒绝了金钱，就将毕生扼守清贫。

你拒绝了享乐，就将布衣素食天涯苦旅。

你拒绝了父母，就可能成为飘零的小舟，孤悬海外。

你拒绝了师长，就可能被逐出师门，自生自灭。

你拒绝了一个强有力的男人的帮助，他可能反目为仇，在你的征程上布下道道激流险滩。

你拒绝了一个神通广大的女人的青睐，她可能笑里藏刀，在你意想不到的瞬间刺得你遍体鳞伤。

你拒绝上司，也许象征着与一个如花似锦的前程分道扬镳。

你拒绝了机遇，它永不再回头光顾你一眼，留下终身的遗憾任你咀嚼。

拒绝不像选择那样令人心情舒畅，它森严的外衣里裹着我们始料不及的风刀霜剑。像一种后劲很大的烈酒，在漫长的夜晚，使我们头痛目眩。

于是我们本能地惧怕拒绝。我们在无数应该说“不”的场合沉默，我们在理应拒绝的时刻延宕不决。我们推迟拒绝的那一刻，梦想拒绝的冰冷体积，会随着时光的流逝逐渐缩小以至消失。

可惜，这只是我们善良的愿望，真实的情境往往适得其反。我们之所以拒绝，是因为我们不得不拒绝。

不拒绝，那本该被拒绝的事情，就像菜花状的癌肿，蓬蓬勃勃地生长着、浸润着，侵袭我们的生命，一天比一天更加难以救治。

拒绝是苦，然而那是一时之苦，阵痛之后便是安宁。

不拒绝是忍，心字上面一把刀。忍是有限度的，到了忍无可忍的那一刻，贻误的是时间，收获的是更大的痛苦与麻烦。

拒绝是对一个人胆魄和心智的考验。

因为拒绝，我们将伤害一些人。这就像春风必将吹尽落红一样，有时是一种进行中的必然。如果我们始终不拒绝，我们就不会伤害别人，但是我们伤害了一个跟自己更亲密的人，那就是我们自己。

拒绝的味道，并不可口。当我们鼓起勇气拒绝以后，忧郁的惆怅伴随着我们，一种灵魂被挤压的感觉，久久挥之不去。

因为惧怕这种难以言说的感觉，我们有意无意地减少了拒绝。

在人生所有的决定里，拒绝是属于破坏而难以弥补的粉碎性行为。这一特质决定了我们在作出拒绝的时候，需要格外的镇定与慎重。

然而拒绝一旦作出，就像打破了的牛奶杯，再不会复原。它凝固在我们的脚步里，无论正确与否，都不必原地长久停留。

拒绝是没有过错的，该负责任的是我们在拒绝前作出的判断。

不必害怕拒绝，我们只需更周密的决断。

拒绝是一种删繁就简，拒绝是一种举重若轻。拒绝是一种大智若愚，拒绝是一种水落石出。

当利益像万花筒一般使你眼花缭乱之时，你会在混沌之中模糊了视线。尝试一下拒绝吧。

你依次拒绝那些自己最不喜欢的人和事，自己的真爱就像退潮时的礁岩，嶙峋地凸现出来，等待你的攀援。

当你抱怨时间像被无数餐刀分割的蛋糕，再也找不到属于你自己的那朵奶油花时，尝试一下拒绝。

你把所有可做可不做的事拒绝掉，时间就像湿毛巾里的水，一滴一滴地拧出来了。

当你发现生活中蕴涵着太多的苦恼，已经迫近一个人能够忍受的极限，情绪面临崩溃的边缘时，尝试一下拒绝吧。

你也许会发现，你以前不敢拒绝，是为了怕增添烦恼。但是恰恰相反，拒绝像一柄巨大的梳子，快速地理顺了杂乱无章的日子，使天空恢复明朗。

当你被陀螺般旋转的日子搅得耳鸣目眩，忘记了自己是从哪里来、要到哪里去的时候，尝试一下拒绝吧。

你会惊讶地发觉自己从复杂的包装中清醒，唤起久已枯萎的童心，感叹我们每一个人都是自然之子。拒绝犹如断臂，带有旧情不再的痛楚。

拒绝犹如狂飚突进，孕育天马横空的独行。

拒绝有时是一首挽歌，回荡袅袅的哀伤。

拒绝更是破釜沉舟的勇气，一种直面淋漓鲜血惨淡人生的气概。

拒绝也不可太多啊。假如什么都拒绝，就从根本上拒绝了每个人只有一次的辉煌生命。智慧地勇敢地行使拒绝权。

这是我们每个人与生俱来的权利，这是我们意志之舟劈风斩浪的白帆。

我们为什么要拒绝，文章告诉我们拒绝也是可以的，在自己身心疲惫的时候要学会拒绝，那样，我们才能过一种舒坦的生活。拒绝不是万能的，我们要学会聪明的拒绝。

情感人生

◎钱　穆

在人生长河的跋涉中，有多少往事被时间的洪流冲走，然而却有一些为《高兴、痛苦、悔十良、遗憾的东西留在记忆中，那就是人生……

三十人生——三十人生论坛，我们放飞心灵的家园！

人生最真切的，莫过于每一个人自已内心的知觉。知觉开始，便是生命开始。知觉存在，便是生命存在。知觉终了，便是生命终了。让我们根据每一个人内心的知觉，来评判人生之种种意义与价值，这应该是一件极合理的事。

三十人生——三十人生论坛，我们放飞心灵的家园！

先就物质生活说起，所谓物质生活者，乃指衣食住行等而言，这些只是吾人基层最低级的生活，它在圣部生活中，有其反面消极的价值。但人生继此以往，尚大有事在，不能就此认为是人生积极的正面。维持了肉体的生活，才始有人生，然不能说人生只在维持肉体的生存。试先就饮食言，饮食尤其是物质生活肉体生活中最低下的一种，虽说是最基本的，然而并不是最有意义的。没有饮食，便不能有一切的生活，然而饮食包括不尽人生之全部，而且也接不到人生之高处。现在再说衣服，衣服在物质生活上的功效，只是保持体温而已，此上再加一些轻软之感便完了。继此以往，不再有什么了。若人生专为衣着，则你试挑一身舒适的衣装穿上身，一度感到它的轻软温暖便够了，再没有可以使你更进求之的了。一切的衣着，最重要，在你皮肤的触觉上，永远是那般。至于你穿着盛装出外交际，赴人宴会，那时你内心所感觉的，不仅在保暖上，那已超出了肉体生活物质生活之外，自然又当别论。住与行，依此推知，不再说。

三十人生——三十人生论坛，我们放飞心灵的家园！

人生在消极的反面的物质生活之上，犹有正面的积极的精神生活。试先言艺术的生活，亦可说是爱美的生活。当人类文化初演之时，在其于肉体生活消极方面稍得满足，便会闯进爱美的人生。我们发现初民的洞壁上往往有精致优美的画图，他们遇到风月佳景，也会在洞外舞唱。不用说，这些都是爱美人生之初现。即就一婴孩言，当他喝饱了奶，安稳地睡在摇篮里，有光明的线条射到他的眼帘，或是和柔的声浪鼓荡他的耳膜，他内心也会发生一种生命的欣喜。渐渐大了，长成了，一切游戏、歌唱跳舞，活泼泼地，这不是一种艺术的人生吗？

三十人生——三十人生论坛，我们放飞心灵的家园！

所谓艺术人生也是与生俱来的。然而这种人生，却能引领你投人深处。一个名厨，烹调了一味菜，不至于使你不能尝。一幅名画，一支名曲，却有时能使人莫名其妙地欣赏不到它的好处。它可以另有一天地，另有一境界，鼓舞你的精神，诱导你的心灵，愈走愈深入，愈升愈超卓。你的心神不能领会到这里，这是你生命之一种缺憾。人类在谋生之上应该有一种爱美的生活，否则只算是他生命之夭折。

三十人生——三十人生论坛，我们放飞心灵的家园！

其次说到科学人生，也可说求知的人生，此亦与生俱来。初民社会，没有知道用火，但渐渐地发明了用火。没有知道运用器械，但渐渐地发明了各种器械。由石器铜器铁器而渐渐达于运用电，运用原子能。这一连串的进步，莫非是人生求知的进步，即是科学的进步。就初生婴孩而言，他只遇到外面新奇的事物，他早知道张眼伸手，来观察，来玩弄，反复地，甚至于破坏地来对付它，这些都是科学人生求知人生之初现。你具备着一副爱美的心情，你将无所往而不见有美。

三十人生——三十人生论坛，我们放飞心灵的家园！

你具备着一副求知的心情。你将无所往而不遇有知。纵使你有所不知，你也能知道你之不知，这也已是一种知了。所以爱美求知，人人皆能。然而美与知的深度，一样其深无底，将使你永远达不到他的终极之点。人生在此上才可千千万万年不厌不倦、无穷无尽不息不已地前进。

三十人生——三十人生论坛，我们放飞心灵的家园！

再次说到文学人生。艺术人生是爱美的，科学人生是求知的，文学人生则是求真的。艺术与科学，虽不是一种物质生活，但终是人类心灵向物质方面的一种追求与闯进，因他们全得以外物为对象。文学人生之对象则为人类之自身。

人类可说并不是先有了个人乃始有人群与社会的，实在是先有了人群与社会乃始有个人的。个人必在人群中乃始有其生存之意义与价值。人将在人群中生活，将在别人身上发现他自己，又将在别人身上寄放他自己。若没有别人，一个人孤零零在此世，不仅一切生活将成为不可能，抑且其全部生活将成为无意义与无价值。人与人间的生活，简言之，，主要只是一种情感的生活。

人类要向人类自身找同情，只有情感的人生，始是真切的人生。喜怒哀乐爱恶欲，最真切的发现，只在人与人之间。其最真切的运用，亦在人与人之间。人生可以缺乏美，可以缺乏知，却不能缺乏同情与互感。没有了这两项，哪还有人生？只有人与人之间始有同情互感可言，因此情感即是人生。人要在别人身上找情感，即是在别人身上找生命。人要把自己情感寄放在别人身上，即是把自己的生命寄放在别人身上了。若人生没有情感，正如沙漠无水之地一棵草，礓石瓦砾堆里一条鱼，将根本不存在。

人生一切的美与知，都需在情感上生根，没有情感，亦将没有美与知。人对外物求美求知，都是间接的，只有情感人生，始是直接的。无论初民社会，乃及婴孩时期，人生开始，即是情感开始。剥夺情感，即是剥夺人生。情感的要求，一样其深无底。千千万万年的人生，所以能不厌不倦，无穷无尽，不息不止地前进，全借那种情感要求之不厌不倦，无穷无尽，不息不止在支撑，在激变。然而爱美与求知的人生可以无失败，重情感的人生则必然会有失败。

因此爱美与求知的人生不见有苦痛，重情感的人生则必然有苦痛。只要你真觉得那物美，那物对你也真成其为美。只要你对那物求有知，那物也便可成为你之知。因不知亦便是知，你知道你对他不知，便是此物已给你以知了。因此说爱美求知可以无失败，因亦无苦痛。只有要求同情与互感，便不能无失败。母爱子，必要求子之同情反应。子孝母，也必要求母之同情反应。但有时对方并不能如我所要求，这是人生最失败，也是最苦痛处。你要求愈深，你所感到的失败与苦痛也愈深。

母爱子，子以同情孝母，子孝母，母以同情爱子，这是人生之最成功处，也即是最快乐处。你要求愈深，你所感到的成功与快乐也愈深。人生一切悲欢离合、可歌可泣，全是情感在背后做主。夫妇，家庭，朋友，社团，废寝忘食，死生以之的，一切的情与爱，交织成一切的人生，写成了天地间一篇绝妙的大好文章。人生即是文学，文学也脱离不了人生。

只为人生有失败，有苦痛；始有文学作品来发泄，来补偿。人类只有最情感的，始是最人生的。只有喜怒哀乐爱恶欲的最真切最广大最坚强的，始是最道德的，也即是最文学的。换言之，却即是最艺术最科学的，也可说是最宗教的。你若尝到这一种滋味，较之喝一杯鸡汤，穿一件绸衣，真将不知有如天壤般的悬隔呀。人生——三十人生论坛，我们放飞心灵的家园！

请你用你内心的知觉来评判人生一切价值与意义，是不是如我这般的想法说法呢？

我们的人生，离不开物质生活，离不开精神生活，但是我们一定要记住我们的人生更是由情感组成的。只有情感的人生，才是真切的人生。

说　话

◎王　力

说话比写文章容易，因为不必查字典，不必担心写白字；同时，说话又比写文章难，因为没有精细考虑和推敲的余暇。

说话是最容易的事，也是最难的事，最容易，因为三岁孩子也会说话；难，因为擅长辞令的外交家也有说错话的时候。

会说话的人不止一种：言之有物，实为心声，一謦一欲，俱带感情，这是第一种；长江大河，源远莫寻，牛溲马勃，悉成黄金，这是第二种；科学逻辑，字字推敲，无懈可击，井井有条，这是第三种；嬉笑怒骂，旁若无人，庄谐杂出，四座皆春，这是第四种；默然端坐，以逸待劳，片言偶发，快如霜刀，这是第五种；期期艾艾，隐蕴词锋，似讷实辩，以守为攻，这是第六种。这些人的派别虽不相同，实有异曲同工之妙。普通喜欢用“口若悬河”四个字来形容会说话的人，其实这是很不恰当的形容词。泼妇骂街往往口若悬河，走江湖卖膏药的人，更能口若悬河，然而我们并不承认他们会说话，因为他们把这“会”字的标准定得和一般人所定的不同的缘故。

应酬的话另有一套，有人专门擅长此术。捧人捧得有分寸，骂人骂得很含蓄，自夸夸得很像自谦，这些技巧都是可以意会，而不可以言传的。尽管有人讨厌“油嘴”的人，但是实际上有几个人能不上油嘴的当？和油嘴相反的是说话不知进退，不识眉眼高低。想要自抬身份，不知不觉地把别人的身份压低；想要恭维别人，不知不觉地使用了些得罪人的语句。这种人的毛病在于冒充会说话，终于吃了说话的亏。我有一次听见某先生恭维一位新娘子说：“人家都说新娘子长得难看，我觉得并不难看。”这种人应该研究十年心理学，再来开口恭维人！

有些人太不爱说话了，大约因为怕说错了话，有时候又因为专拣有用的话来说。其实这种人虽是慎言，也未必得计。越不说话，就越不会说，于是在寥寥几句话当中，错误的地方未必比别人高谈阔论里的错误少些。至于专拣有用的话来说，这也是错误的见解。会说话的人，其妙处正在于化无用为有用，利用一些闲话去达到他的企图。会着棋的人没有闲着，会说话的人也没有闲话。有些人却又太爱说话了，非但自己要多说，而且不许别人多说。这样，就变成了抢说。喜欢抢说的人常常叫人家让他说完，其实看他那滔滔不绝的样子，若等他说完真是待河之清！这种人似乎把说话看做一种很大的权利，硬要垄断一切，不肯让人家利益均沾。偶然遇着对话的人也喜欢抢说，就弄成了僵局。结果是谁也不让谁，大家都只管说，不肯听，于是说话的意义完全丧失了。

打岔和兜圈子都是说话的艺术。打岔往往是变相的不理或拒绝。“王顾左右而言他”，梁惠王就这样地给孟子碰过一回钉子。兜圈子往往是使言语变为委婉，但有时候也可以兜圈子骂人。兜圈子骂人就是“挖苦”人；说挖苦话的人自以为绝顶聪明，事后还喜欢和别人说起，表示自己的说话艺术。但是，喜欢“挖苦”的人毕竟近于小人，因为既不大方，又不痛快。

说话的另一艺术是捉把柄。人家说过了什么话，就跟着他那话来做自己的论据。这叫做“以子之矛，刺子之盾”，往往能使对方闭口无言。不过，如果断章取义，或故意曲解，也就变为无聊了。

上面所说的打岔，兜圈子和捉把柄，相骂的时候都用得着。打岔是躲避，兜圈子是摆阵，捉把柄是还击。可惜的是，相骂的人大多数是怒气冲冲，不甘心打岔，不耐烦兜圈子，忘了捉把柄。由此看来，骂人决胜的条件是保持冷静的头脑。泼妇和人相骂往往得胜，并不一定因为她特别会说话，只因她把相骂当做一种娱乐，故能“好整以暇”，不至于被怒气减低了她平日说话的技能。

说话比写文章容易，因为不必查字典，不必担心写白字；同时，说话又比写文章难，因为没有精细考虑和推敲的余暇。基于这后一个理由，像我这么一个极端不会说话的人，居然也写起一篇“说话”来了。

有的人会说话，有的人不会说话。说话是讲究艺术的，而且各种会说话的人都有其特征，抓住其特征，你就会窥到话语之后的另一张面孔。

握手

梁实秋

手脏一点无妨，因为握前无暇检验，惟独带液体的手不好握，因为事后不便即揩，事前更不便先给他揩。

握手之事，古已有之，后汉书“马援与公孙述少同里闾相善，以为既至掌握手，如平生欢”。但是现下通行的握手，并非古礼，既无明文规定，亦无此习俗。大概还是剃了小辫以后的事，我们不能说马援和公孙述握过手便认为是过去有此礼节的明证。

西装革履我们都可以忍受，简便易行而且惠而不费的握手我们当然无需反对。不过有几种人，若和他握手，会感觉痛苦。第一是做大官或自以为做大官者，那只手不好握。他常常挺着胸膛，伸出一只巨灵之掌，两眼望青天，等你趋上去握的时候，他的手仍是直僵的伸着，他并不握，他等着你来握。你事前不知道他是如此爱惜气力，所以不免要热心地迎上去握，结果是孤掌难鸣，冷涔涔地讨一场没趣。而且你要及早罢手，赶快撤手，因为这时候他的身体已转向另一个人去，他预备的那巨灵之掌给另一个人去握——不是握，是摸。对付这样的人只有一个办法，便是你也伸出一只巨灵之掌，你也别握，和他作"打花巴掌"状，看谁先握谁！

另一种人过犹不及。他握着你的四根手指，恶狠狠一挤，使你痛彻脏腑，如果没有寒暄知语偕以俱来，你会误以为他是要和你角力。这种人通常有耐久力，你入了他的掌握，休想逃脱出来。如果你和他很有交情，久别重逢，情不自禁，你关节虽然痛些，我相信你会原谅他的。不过通常握手用力最大者，往往交情最浅。他是要在向你使压力的时候使你发生一种错觉以为此人待我特善。其实他是握了谁的手都是一样卖力的。如果此人曾在某机关做过干事之类，必能一面握手，一面在你的肩头重重再拍一下子，"哈喽，哈喽，怎样好"？

单就握手时的触觉而论，大概愉快时也就不多，春笋般的纤纤玉指，世上本来少有，更难得一握，我们常握的倒是些冬笋或笋干之类，虽然上面更常有蔻丹的点缀，反倒还不如熊掌。狄更斯的《大卫·科波菲尔》里的乌利亚，他的手也是令人不能忘的，永远是湿津津的冷冰冰的，握上去像是五条鳝鱼。手脏一点无妨，因为握前无暇检验，惟独带液体的手不好握，因为事后不便即揩，事前更不便先给他揩。

“有一桩事，男人站着做，女人坐着做，狗翘起一条腿儿做”。这桩事是——握手，和狗行握手礼，我尚无经验，不知狗爪是肥是瘦，亦不知狗爪是松是紧，姑置不论。男女握手之法不同。女人握手无需起身，亦无需脱手套，殊失平等之旨，尚未闻妇女运动者倡议纠正。在外国，女人伸出手来，男人照例只握手尖，约一英寸至二英寸，稍握即罢，这一点在我们中国好像禁忌少些，时间空间的限制都不甚严。

朋友相见，握手言欢，本是很自然的事，有甚于握手者，亦未曾不可，只要双方同意，与人无涉。惟独大庭广众之下，宾客环坐，握手势必普遍举行，面目可憎者，语言无味者，想饱以老拳尚不足以泄忿者，都要一一亲炙，皮肉相接，在这种情形之下握手，我觉得是一种刑罚。

《哈姆雷特》中波娄尼阿斯诫其子曰：“不要为了应酬每一个新交而磨粗了你的手掌。”我们是要爱惜我们的手掌。

握手本是平常的交际方式，但在作者笔下，却窥出了人性之优劣，关系之繁简，实是大智慧。

听话的艺术

◎杨 绛

假如一个人背后太热心地称赞一个无足称赞的人，可能是最精巧的谄媚准备拐几个弯再送达那位被赞的人，比面谀更入耳洽心。

假如说话有艺术，听话当然也有艺术。说话是创造，听话是批评。说话目的在表现，听话目的在了解与欣赏。不会说话的人往往会听说话，正好比古今多少诗人文人所鄙薄的批评家——自己不能创作，或者创作失败，便摇身一变而为批评大师，恰像倒运的窃贼，改行做了捕快。英国18世纪小诗人显斯顿（Shenstone）说："失败的诗人往往成为愠怒的批评家，正如劣酒能变好醋。"可是这里既无严肃的批判，又非尖刻的攻击，只求了解与欣赏。若要比批评，只算浪漫派印象派的批评。

听话包括三步：听、了解与欣赏。听话不像阅读能自由选择。话不投机，不能把对方两片嘴唇当做书面一般拍的合上，把书推开了事。我们可以“听而不闻”，效法对付嚣张的厌物的办法，“装上排门，一无表示”，自己出神也好，人定也好。不过这办法有不便处，譬如搬是弄非的人，便可以根据“不否认便是默认”的原则，把排门后面的弱者加以利用。或者“不听不闻”更妥当些。从前有一位教士训儿子为人之道：“当了客人，不可以哼歌曲，不要弹指头，不要脚尖拍地——这种行为表示不在意。”但是这种行为正不妨偶一借用，于是出其不意，把说话转换一个方向。当然，听话而要逞自己的脾气，又要不得罪人，需要很高的艺术。可是我们如要把自己磨揉得像海绵一般，能尽量收受，就需要更高的修养。因为听话的时候，咱们的自我往往像按在盒里的弹簧人儿忽然会哇地探出头来叫一声我受不了你要把它制服，只怕千锤百炼也是徒然。除非听话的目的不为了解与欣赏，而另有作用。19 世纪英国诗人台勒爵士（Sir Henry Taylor）也是一位行政官员，他在谈成功秘诀的《政治家》（The Staesman）一书中说：“不论‘赛人’（Siren）的歌声多么悦耳，总不如倾听的耳朵更能取悦‘赛人’的心魂。”成功而得意的人大概早就发现了这个诀窍，并且还有许多“赛人”喜欢自居童话中的好女孩，一开口便有珍珠宝石纷纷乱滚。倾听的耳朵来不及接受，得双手高擎起盘子来收取——珍重地把文字的珠玑镶嵌在笔记本里，那么“好女孩”一定还有更大的施与。这种人的话并不必认真听，不听更好，只消凝神倾耳；也不需了解，只需摆出一副欣悦钦服的神态，便很足够。假如已经听见、了解，而生怕透露心中真情，不妨装出一副笨木如猪的表情，“赛人”的心魂也不会过于苛求。

听人说话，最好效陶渊明读书，不求甚解。若要细加注释，未免琐细。不过，不求甚解，总该懂得大意。如果自己未得真谛，反一笔抹煞，认为一切说话都是吹牛拍马撒谎造谣，那就忘却了说话根本是艺术，并非柴米油盐类的日用必需品，责怪人家说话不真实，等于责怪一篇小说不是构自事实，一幅图画不如照相准确。说话之用譬如衣服，一方面遮掩身体，一方面衬托显露身上某几个部分。我们绝不谴责衣服掩饰真情，歪曲事实。假如赤条条一丝不挂，反惹人骇怪了。难道一个人的自我比一个人的身体更多自然美？

谁都知道艺术品的真实并不能符合实事。亚里斯多德早说过，诗的真实不是史实。大概天生诗人比历史家多。（诗人，我依照希腊字原义，指创造者。）而最普遍的创造是说话。夫子“述而不作”，又何尝述而不作！不过我们看戏听故事或鉴赏其他艺术品，只求“诗的真实”（Poetic truth），虽然明知是假，甘愿信以为真。玛立支（Coleridge）所谓：“姑妄听之”（Willing suspense of disbelief）。听话的时候恰恰相反：“诗的真实”不能满足我们，我们渴望知道的是真实。这种心情，恰和玛立支所说的相反，可叫做“宁可不信”（Unwilling suspense of belief）。同时我们总借用亚利斯多德“必然与可能”（The inevitable and probable）的原则来推定事实真相。举几个简单的例。假如一位女士叹恨着说：“唉，我这一头头发真麻烦，恨不得天生是秃子。”谁信以为真呢！依照“可能与必然”，推知她一定自知有一头好头发。假如有人说：“某人拉我帮他忙，某机关又不肯放，真叫人为难。”他大概正在向某人钻营，而某机关的位置在动摇，可能他钻营尚未成功，认真在为难。假如某要人代表他负责的机关当众辟谣，我们依照“必然与可能”的原则，恍然道：“哦！看来确有其事！”假如一个人过火的大吹大擂，他必定是对自己有所不足，很可能他把自己也哄骗在内，自己说过几遍的话，便信以为真。假如一个人当面称谀，那更需违反心愿，宁可不信。他当然在尽交际的责任，说对方期待的话。很可能他看透了你意中的自己。假如一个人背后太热心的称赞一个无足称赞的人，可能是最精巧的谄媚，准备拐几个弯再送达那位被赞的人，比面谀更入耳洽心；也可能是上文那位教士训儿子对付冤家的好办法——过火的称赞，能激起人家反感；也可能是借吹捧这人，来贬低那人。

听话而如此逐句细解，真要做到“水至清则无鱼”了。我们很不必过分精明，虽然人人说话，能说话的人和其他艺术家一般罕有。辞令巧妙，只使我们钦慕“作者”的艺术，而拙劣的言词，却使我们喜爱了“作者”自己。

说话的艺术愈高，愈增强我们的“宁可不信”，使我们怀疑，甚至恐惧。笨拙的话，像亚当夏娃遮掩下身的几片树叶，只表示他们的自惭形秽，愿在天使面前掩饰丑陋。譬如小孩子的虚伪，哄大人给东西吃，假意问一声“这是什么？可以吃么？”使人失笑，却也得人爱怜。譬如逢到蛤蟆般渺人的人，把自己吹得牛一般大，我们不免同情怜悯，希望他天生就有牛一般大，免得他如此费力。逢到笨拙的谄媚，至少可以知道，他在表示要好。老实的骂人，往往只为表示自己如何贤德，并无多少恶意。一个人行为高尚，品性伟大，能使人敬慕，而他的弱点偏得人爱。乖巧的人曾说：“你若要得人爱，少显露你的美德，多显露你的过失。”又说：“人情从不原谅一个无需原谅的人。”凭这点人情来体会听说话时的心理，尤为合适。我们钦佩羡慕巧妙的言辞，而言词笨拙的人，却获得我们的同情和喜爱。大概说话究竟是凡人的艺术，而说话的人是上帝的创造。

会听话才能会做事，会做事才会受欢迎。

再试一次，好吗？

黄秀梅

人是容易囿于习惯的，对自己扮惯了的角色，如果有一天突然发生转变或者倒置，总会有或多或少的不适应。

高中毕业后，我没有如愿盼来大学录取通知书。在学习成绩上一向颇为自负的我，在经历了那么沉重的打击后，对自己再也不敢有太大的信心。

有很长一段时间，我把自己锁在苦闷和遗憾中，不想见任何人，也不想说任何话，木然而又无助。

可毕业证总还得亲自去领的。从班主任惋惜而怜悯的目光中逃出来，我惟一的感觉就是想流泪。在过去的那段极苦极累的日子里，我几乎耗尽了所有的精力去搭那架通往梦想的梯子，可在成功似乎已经唾手可得的时候，梯子却在猝不及防中倒了。我真的没有足够的心理能力去承受。

出校门的时候，我不经意的一扭头，竟发现门的一侧贴有一张招聘启事。走近了细看，是市内一所普通中学招一名英语教师。条件是高中以上毕业，英语成绩好，口语佳。

我突然想去试试。高中三年，英语成绩一直是我的骄傲。更何况，长大了，毕业了，我该自已养活自己了。我去报了名。

那时离试讲的日子已经不远了。回家后我便忙着写教案，跟着录音机练口语。到试讲的前一天，我已对自己有了几分信心。

第二天，校长把我带到教室门口。他拍拍我的肩：“对你，我们是比较满意的，这是最后一关了。记住，要沉着。”

我望一眼教室，里面坐满了比我小不了几岁的学生，见来了新老师，都停下正在干的事，齐唰唰地一下子把目光聚到我身上。

血往上涌，我的心，乱跳起来。

我知—道我不是个大方的女孩，但为那次试讲，我确实已经付出了足够的心血，所以我以为有备而来，心就不会再跳，手就不会再抖。

走上讲台，我的鼻尖上已开始渗出细密的汗珠。坐在第一排的女班长一声洪亮的“起立”让我几乎一下子乱了方寸忘了开场白。人是容易囿于习惯的，对自己扮惯了的角色，如果有一天突然发生转变或者倒置，总会有或多或少的不适应。

我慌忙挥手叫他们坐下。我想我的神情一定很慌乱很窘迫，因为我分明听见几个男孩子的窃笑声。一刹那间充斥我脑中的是有关形象问题试讲结果问题以及被淘汰掉后我再怎么办的问题，昨天还背得滚瓜乱熟的教案一下子找不到半点头绪。

搜肠刮肚好几十秒钟，我仍然找不到太多的话说，试着讲了几句，连自己都知道前言不搭后语。

我知道我完了，心中已开始打退堂鼓：与其在讲台上出尽“洋相”，还不如趁早给自己找个台阶下去。

“同学们，其实我多想陪你们走一程，可我太糟糕，我不能误了你们……”说完这句话，我无奈而抱歉地望一眼坐在后排正为我捏一把汗的校长，就想快快逃出去，逃出那种如浑身被针刺痛般的难受与尴尬。

“老师，你等等！”

是坐在第一排的那个剪短发的、戴眼镜的女班长。

“老师，再来一次，好吗？”

“我……我不行。”

“试一试，老师，你能行的，再来一次，好吗？”

后面几个女孩子也附和起来：“再来一次，好吗？”

然后，教室里一下子归于一片静寂，后排那几个等着看“好戏”的男孩子也正襟危坐起来。校长推推眼镜，笑望着我，微微颔首。

四十多颗天真无邪的心，四十多双真诚的眼睛在那个时候汇成一股暖流和一个坚定的信念流向我、涌向我，突然间我觉得有好多好多的话要对他们说，有好多好多的故事要讲给他们听。我想我不能离开那三尺讲台，否则我也许一生都再也找不着这么好的机会了。

我在讲桌前站定，接下来的课，我按照我所准备的“如数家珍”般讲起来，渐渐的进入了“佳境”。

面对求知若渴而又善良真诚的学生，原本并没有什么好怕的呀！后来，那个剪短发戴眼镜的女孩成了我最得意的学生也成了我最好的朋友。她对我说，老师，当初我为竞选班长三次登台“现丑”，第一次一句话都没说完整，第二次脸红心跳，第三次我换来了最热烈的掌声，每次上台前我都要劝自己“再来一次，好吗？”

有些很简单很朴实的话却能让人受益终生。这道理我知道学生比我懂得更早。是呀，我们在岁月中穿行，在经受挫折与失败之后逐渐变得成熟。一次成功固然是一种最理想的境界，因为人生太短太短，谁都不愿花费太多的精力去走弯路去碰壁，可是，我们毕竟是凡人，而不是无师自通不试就会的全才，更不可能如“万金油”般在任何场合都老到自如。

特别是初涉人世的时候，我们更需要试一次，再试一次。

再试一次，好吗？再给自己一次面对困难的机会，再给自己一次走出风雨的机会。

以孩子为师

林清玄

老子时常以婴儿来比喻天真，他认为这种天真的追求是生命的回归，也是最后的境界。

老子的老师常枞临终的时候，老子去问法，请师说出最后的教化。

常枞缓缓张开嘴巴，叫老子从嘴巴里看，问老子说："你看见了什么？"

老子说："我只看见舌头。"

常枞说："牙齿还安在吗？"

老子说："牙齿都没有了。"

常枞说："这就是我给你上的最后一课。"

老子又问："而今而后，我要向谁请教？"

常枞说：“你要以水为师，你看河床的石头虽然坚硬无比，不久就被柔弱的水穿成孔、流成槽了。”

老子以老师的最后教化，发展了两个重要的思想，一是“柔弱胜过刚强”，二是“复归于婴儿”。

例如他说：“守柔曰强。”（能坚持守住温柔的人，是最强的。）

“弱之胜强，柔之胜刚。”

“天下莫柔弱于水，而攻坚强者莫之能胜。”（天下没有比水更柔弱的了，但是能攻打坚强的人也无法胜过水。）

“强大处下，柔弱处上。”（凡是强大的，反而居于下位；凡是柔弱的，反而处在上位。）

“江海所以能为百谷王者，以共善下之。”（江海所以能成为百川之王，使所有的河流奔注，是因为它善于处在卑下的位置。）

在大自然中学习柔软，应该“以水为师”，在人生中学习柔软，则要“以婴儿为师”。

老子时常以婴儿来比喻天真，他认为这种天真的追求是生命的回归，也是最后的境界。

他说：“专气致柔，能婴儿乎？”（我们能够回到婴儿那样，听任生理的本能运作而达到无为的柔弱吗？）

“我独泊兮其未兆，如婴儿之未孩。”（只有我淡泊恬静，心里没有一点情欲，好像还不会笑的婴儿。）

“常德不离，复归于婴儿。”（常德不散失，复归于婴儿的状态。）

“含德之厚，比于赤子。”（含德最厚的人，可以和天真无邪的婴儿相比。）

为了要回复婴儿一样的心，老子教人要生活朴素、守住真心，他说：“敦兮其若朴。”“见素抱朴。”“复归于朴。”

婴儿有什么好学习呢？为什么古来的大智慧者像老子、释迦、耶稣都教我们要学习赤子、爱惜赤子？

两年前，华航的飞机在日本的名古屋发生空难，生还了8个人，其中有3个是小孩子，我知道这不是偶然的。小孩子看起来身心脆弱，其实比大人还要坚强。

4年前，在彰化有一个孩子，从四百米的山上掉到山下，趴在田里72小时才被农夫发现，送到医院一小时后就恢复正常了。

我在电视上看到华航空难幸存的3岁孩子中山圣司，正露出天真无邪的笑容手舞足蹈，这时离空难也不过才十几天的时间。

呀！孩子究竟有什么特殊的禀赋，使他们无畏无忧地面对生命的挫折呢？

我们如果往前生活，回到我们婴儿学步的时代，如果我们像婴儿那样每天摔倒10次，我们可能要一直去挂急诊。如果我们像五六岁的孩子每天跌倒冲撞，从树上、床上跌落，我们可能要一直住在医院里。

我们早已失去神奇的能力了。

在我小时候，曾有从莲雾树上十几米处直接摔落防空壕沟的经验；也曾在 4 米高的屋顶跌落地面，都是奇迹似地毫发无伤。现在别说跌下来，只要看到小孩子在 10 米的树上，就吓得心脏病要发作了。

所以，我们不只是在教导孩子，孩子也值得我们学习，小孩子无畏无忧柔软无碍是我们最先要学的吧！

既然要学，不只是爱，而是要尊重；不只尊重，而是要尊敬。

尊敬婴儿像水一样的心，那样清澈、那样柔软、那样变化不拘。

尊敬孩子像一粒种子的心，想想深山里最高大的神木，也是从一粒小小的种子长成的呀！

常枞在临终前对老子“以水为师”的教化，就是“以柔软为师”的教化。

释迦牟尼佛圆寂前对弟子的教化是“以戒为师”，也就是“以清净为师”的教化。

以水的柔软为师，能知道天下最坚强的就是柔软。以戒的清净为师，能知道天下最有力量的是清净。

生活在我们身边的孩子，正好是柔软与清净的化身，时时在对我们说法，只可惜大部分的成人心地刚强难化，听不见那美丽的说法罢了。

学习孩子无畏无忧柔软无碍，理解“强大处下柔弱处上”的深刻道理。

经师

◎方 杞

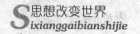

每到深夜，学校灯光尽灭后，荆老师宿舍窗口总还亮着一盏清白的明灯。他总在深夜批阅作文，瘦削的背影在窗前一动不动，但像台北蜡像馆里那些圣哲的身姿。

“起立！”

“敬礼——”

国文老师如同往常一般走进教室，也不带书，也不拎手提箱，只是一脸灿烂的微笑，好像把白澄澄的阳光都带来了。同学间传说：荆老师永远微笑着，远看，是一弯粼粼碧水，把心里的燠热都沁凉了；近看，又化成一抹温柔的春风，拂得人阴霾尽去，连苍穹都清朗起来。在荆老师的微笑里，郁悒的人得到解脱，怨嗔的人得到安息，不分春朝秋夕，课内校外，荆老师一径那么明净地微笑着，兼以面貌十分清癯，又爱讲演经史，一届届被他教过的学生便“经师”、“经师”地叫开来，本身名字反而失传了。

看大家坐定，荆老师在讲台上微咳一声，开讲了：

“读书，为了解世事，更为明白义理。达摩东来中国，只是要寻一个不受人惑的人；胡适半生口诛笔伐，只是想说一般人不肯说、不敢说的老实话……”荆老师目光闪耀着，像漂泊的游子翻山越岭遥遥望见了家园，“想想：读了十几年书，有没有明辨是非的防身本领？够不够光明磊落？”

顿了顿，好像有灰尘飞人，荆老师揉了揉眼睛：“可惜的是，圣哲的高风亮节大都失传了，后世子孙缺少观照的模范，在世俗情欲里徘徊，好比暗夜没有星光，条条山路都走过，就是找不着回家的路。”说到这里，经师转身在黑板上写：

一片白云横谷口，几多归鸟尽迷巢。

我一边抄诗句，一边想起荆老师以前上课的情形，很有些感触。他上课不讲八股，从不照本宣科，常问我们想知道什么，希望他讲什么，然后呼风来风，唤雨得雨，顺着我们的祈求布阵，一堂课飞天遁地地讲授，引领我们遨游古义古风的庙堂和闾里。教到进退、应对，荆老师就请王、李两位同学上台，李拜访王，王接待李：叩门、寒暄、脱鞋、上座、奉茶……全套演义下来，每一个小动作都有缺陷，同学们争相指点，荆老师一一教正：哦！拍门是失礼！见面不兴搓手搓脸！

坐姿像虾米最不雅！长辈面前叠脚晃荡嫌轻浮！手指钳提茶杯口吓煞人……阵阵哄笑声中，课堂变成人生剧场，粗客、雅士、愚夫，恬愉、凄惶、轩昂……色色式式生相并列，在经师的导引下，我们好似蝶舞百花丛，看尽了人情的华贵与卑微。

那个夏日，校园里热腾腾的，松竹浸在一波波流漾的火气里，熏成旱魃的魇影，几株桃李隐隐有些凋落了，红艳艳的花瓣萎坠下来。荆老师挥汗讲知识分子的韧力，讲读书人该如何抗心高望，如何切己反求……满头脸的热汁蜿蜒不绝流下来，把他前心污成了湿洞。讲啊讲的，经师忽然缄默了，几个同学吁吁的鼾声显得异常响亮，引起一串嘻嘻窃笑。经师扬着脸，问："讲求韧力、毅力，空谈不如实践，大家到操场亲身体会，好不好？"一时全班哗然……呃，那个狗不拉屎鸟不生蛋的下午，火热的大太阳底下，荆老师领头做蛙人操，教我们在挺举中感觉手脚颤栗的滋味；又带我们叠罗汉，五十好汉层层拱肩蹲压着，叠成四层人墙，汗泉从上面汩汩流下来，到下层同学手掌边汇成一洼洼汗池，有个同学把脸都撑青了，直说"一辈子不会忘掉这样铁血的感觉"。

经师常如此教我们扫除阴霾。在人生的谷口上，有他在，我们就不会迷昧，总可以找到归巢的路。

荆老师在办公室里，也是一直正襟危坐，神采怡悦，操场的风沙吹来袭去，灰到他鬓发上了，他全不在意，若非凝神看书，就是与学生和气一团，惯常相与忘了下班，忘了晚饭，陪着几个校刊社学生谈到八九点才赋归。只要真有疑难，识与不识的学生都可以晤见他，全校师生都知道荆老师永远是最早在校、最晚离校的人。

每到深夜，学校灯光尽灭后，荆老师宿舍窗口总还亮着一盏清白的明灯。他总在深夜批阅作文，瘦削的背影在窗前一动不动，但像台北蜡像馆里那些圣哲的身姿；有时静夜中传出朗朗的吟诵声，或是忽忽微微的一声叹息，像有什么人在黑地里赤脚走路，摸索着经过悬崖，高低坎坷地踩着了什么，却又不做声。很多学长毕业了，还挑半夜溜回学校，远远望定荆老师窗口的灯光发呆，直坐到天明才悄然离去。有一年校庆开校友大会，几十个校友从欧美各国飞回来，竟都不约而同提着行囊赶在前半夜进校园，黑地里一溜的人头攒动，一个个遥望经师窗口的灯光默默流泪……

“咳咳咳咳……”荆老师在台上连咳不止，太阳穴旁隐隐暴出几根青筋，显得极是吃力，然而他只用手揉了揉，又硬撑着讲下去：“……多少年来，英士一个一个地倒下，人才一阵一阵地凋零，一旦华学慧命中绝，后世子孙从何安身立命？我真是忧心啊！”说得急了，荆老师又连声呛咳，嘴一张一翕，喉结一上一下的，把脸都挣成海棠般殷红了，最后支撑不住，捂着腹心颓然坐倒，不顾同学们的抚恤，仍然死撑着讲下去：

“多、少年、来，我、最大的痛、苦，是不以讲相声、耍机伶的方式上课，面对一班班天真稚子、青年学生，我觉得我必须跟整个社会的混浊风气对抗！我必须帮助孩子们反污染，反暴戾！我得把中国文化慧命的花果端出来，给你们亲一亲、尝一尝，抱回去自己用，自己养；我得替千秋圣哲的义理胚胎找存活的人家！有时我真是觉得累，觉得寂寞，我真是觉得憾恨、憾恨啊！”

呵！谁能披肝沥胆，为五千年的义理再造真身？我们在人生路口凄徨迷乱时，谁领我们破开阴阳放身驰骋？当我们思索义理到纷乱窒塞的歧途时，喂呀！谁有方法教我们了断生死乾坤一斩？我们的生命谁来引渡？贤哲的圣火谁来传递？

是了！经师挺得亢直的背脊里，有一缕世人不及的神魂——粉笔灰中，弟子峥嵘，他血过泪过的山河，都不是为自己。当一届届学生鹰扬鸢飞、荣华光照的时候，他在暗影里微笑、鼓掌、寂望，白发苍苍，把一生无可奈何的缺憾还诸天地。他像幽冥里的一炬爝火，引我们辟洪荒、耘尘垢，到清明曦光出现时，老师呵老师，他、他、他，他已然焚尽丹心成孤骸，风去一捧尘了。

讲台上的经师又挣扎着站了起来……

这是一个跟整个社会的混浊风气对抗的老师，是把中国文化慧命的花果端出来给孩子们亲尝的老师。

考而不死是为神

◘ 老 舍

你放胆活下去吧，这已明明告诉你，你是十世童男转身。

考试制度是一切制度里最好的，它能把人支使得不像人了，而把脑子严格的分成若干小块块。一块装历史，一块装化学，一块……

比如早半天考代数，下午考历史，在午饭的前后你得把脑子放在两个抽屉里，中间连一点缝子也没有才行。设若你把x+y和1828弄到一处，或者找唐朝的指数，你的分数恐怕是要在20上下。你要晓得，状元得来个一百分呀。得这么着：上午，你的一切得是代数，仿佛连你是黄帝的子孙，和姓字名谁，全根本不晓得。你就像刚由方程式里钻出来，全身的血脉都是x和y。赶到刚一交卷，你立刻成了历史，向来没听说过代数是什么。亚力山大，秦始皇等就是你的爱人，连他们的生日是某年某月某时都知道。代数与历史千万别联宗，也别默想二者的有无关系，你是赴考呀，赴考的期间你别自居为人，你是个会吐代数，吐历史的机器。

这样考下去，你把各样功课都吐个不大离，好了，你可以现原形了：睡上一天一夜，醒来一切茫然，代数历史化学诸般武艺通通忘掉，你这才想起"妹妹我爱你"。这是种蛇蜕皮的工作，旧皮蜕尽才能自由；不然，你这条蛇不曾得到文凭，就是你爱妹妹，妹妹也不爱你，准的。

最难的是考作文。在化学与物理中间，忽然叫你"人生于世"。你的脑子本来已分成若干小块，分得四四方方，清清楚楚，忽然来了个没有准地方的东西，东扑扑个空，西扑扑个空，除了出汗没有合适的办法。你的心已冷两三天，忽然叫你拿出情绪作用，要痛快淋漓，慷慨激昂。假如题目是"爱国论"，或"天下兴亡匹夫有责"，你的心要是不跳吧，笔下便无血无泪；跳吧，下午还考物理呢。把定律们都跳出去，或是跳个乱七八糟，爱国是爱了，而定律一乱则没有人替你整理，怎么办？幸而不是爱国论，是山中消夏记，心无须跳了。可是，得有诗意呀。仿佛考完代数你更文雅了似的！假如你能逃出这一关去，你便大有希望了。够分不够的，反正你死不了了。被"人生于世"憋死，不是什么稀罕的事。

说回来，考试制度还是最好的制度。被考死的自然无需用提。假若考而不死，你放胆活下去吧，这已明明告诉你，你是十世童男转身。

这是一个争论已久的话题，不管怎样，考试制度还是一个必须坚持的制度。

好人坏在哪里

◎李　敖

坏事不全是坏人做出来的，其实好人也有份，容忍、坐视，甚至默许坏人做坏事，乃是使坏事功德圆满的最后一道手续，好人之罪，岂能免哉？

人们从小就被教育做好人、训练做好人，长大以后，有的自信是好人、有的自诩是好人、有的自命是好人，他们从少到老、从老到咽气，一直如此自信、自诩或自命，从来不疑有他，但是，好人、好人，他们真是好人吗？深究起来，可不见得。

事实上，世间所谓的好人，其实他们坏得真够瞧的。好人怎么会坏呢？会坏，我举出三点主要的，证明给你——好人——看：

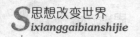

好人的第一坏——不敢与坏人争。

好人的第一坏处是，他们怕坏人，因为怕，所以不敢与坏人争。1965年，吴相湘因反对黑暗势力辞去台大教授的时候，他对我说："我这回'退让贤路'了！"我回答他说："吴老师，你错了，你退让的不是贤路，而是道道地地的'恶路'！"什么叫"退让恶路"？退让恶路是好人用消极而退缩的办法，自承斗恶人不过，最后下台鞠躬，关门叹气，听任坏蛋们昏天黑地的乱搞。最后如张伯苓所说的："这个年头儿，就是因为'坏人都在台上唱戏，好人蹲在屋里叹气。'才越来越糟糕！"

天下坏事的造成，有两个原因，一个是坏人做坏事，另外一个是好人容忍、坐视、甚至默许坏人做坏事。结果呢？有能力或可能有能力的好人，在有机会或可能有机会的时候，放弃了打击坏人、阻止坏人做恶的行动。于是天下的坏事，也就一件一件的蔓延起来了。

所以，不客气地说，坏事不全是坏人做出来的，其实好人也有份，容忍、坐视，甚至默许坏人做坏事，乃是使坏事功德圆满的最后一道手续，好人之罪，岂能免哉？

好人的第二坏——以为"独善其身"便是好人。

好人最大的毛病，乃在消极有余，积极不足；叹气很多，悍气太少。结果他们所能做的，充其量只是"独善其身"而已，绝不是"普渡众生"的好汉。但是最后，坏人并不因为好人消极叹气就饶了他们，坏人们还是要欺负好人、强奸好人，使他们连最起码的“独善其身”也善不好、连佛教中最低级的“自自了汉”也做不成。最后只得与坏人委蛇，相当程度的出卖灵魂，帮着坏人“张其恶”或“扶同为恶”。这真是好人的悲哀！

好人所以“独善其身”，其实是一种相当程度的自欺。这种自欺，原因在好人以为“独善其身”便是好人人格的完成，其实，这一完成，还差得远哪！

为什么？因为好的完成，必须是向外性的，而不是向内性的，顾炎武说他不敢领教置四海穷困而不吭气，反倒终日讲道德教条；林肯说他无法认同一半是奴隶一半是自由人的长久存在，都在说明了道德上的向外性。老罗斯福打击“财阀”，推动反托拉斯政策，坚信如不能使个个过得好，单独那个也过不好。（This country will not beareally good place for any of us to live in it is not really good place for all of us to live in）就是这种向外性的伟大实证。

以“独善其身”自欺的好人，他们自欺到以为“独善其身”便是好人了，其实是大错特错的，因为坏人是向外性的。好坏关系是一种此长彼消的互斥关系，自以为“独善其身”便是好人了的，就好像踩在粪坑里而高叫自己不臭一样，这是不可能的。

好人的第三坏——以为“心存善念”便是好人。

当“独善其身”大行其道以后，伦理学上的“动机派”（motivism）便成了好人的护符。“动机派”的走火人魔，判断一件事，不看事的本身，反倒追踪虚无缥缈的动机，用动机来决定一切。孟轲说："乃若其情，则可以为善矣，乃所谓善也。"俞正燮直指孟轲说的"情"，就是"事之实也。"无异指动机就是事实，一切要看你存心如何：存心好，哪怕是为了恶，也"虽恶不罚"；存心不好，就便是为了善，也"虽善不赏"。这样不看后果，全凭究其心迹的测量术，一发而不可收拾，就会变得舍不该舍之末，而逐不该逐之本，以为人在这种本上下工夫，就可得到正果。这真是胡扯！王阳明说："至善只是此心纯乎天理之极便是"，他全错了！善绝非一颗善心，便可了事。善必须实践，必须把钱掏出来、把血输出来、把弱小扶起来、把坏蛋打在地上，才叫善；反过来说，"想"掏钱、"准备"输血、"计划"抑强扶弱，都不叫做善。你动机好，没用，动机是最自欺欺人的藉口，17 世纪的西方哲人，就看出这点，所以他们点破——"善意铺成了到地狱之路"(Hell is paved with good intentions)。这就是说，有善意而无善行，照样下地狱，阎王老爷可不承认光说不练。

可怜的是，好人在"独善其身"之余，竟自欺到以为只要"心存善念"，便是行善了、就问心无愧了，其实这是不够的。

一味地当好人，其实有可能成为恶人的帮凶。同时，一个人不可能永远心存善食或恶念，其实，好坏也只在一念之间。

五四断想

闻一多

挤是发展受到阻碍时必然的现象，而新的必然是发展的，能发展的必然是新的，所以青年永远是革命的，革命永远是青年的。

旧的悠悠死去，新的悠悠出生，不慌不忙，一个跟一个，这是演化。

新的已经到来，旧的还不肯去，新的急了，把旧的挤掉，这是革命。

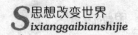

挤是发展受到阻碍时必然的现象，而新的必然是发展的，能发展的必然是新的，所以青年永远是革命的，革命永远是青年的。

新的日日壮健着（量的增长），旧的日日衰老着（量的减

耗)，壮健的挤着衰老的，没有挤不掉的。所以革命永远是成功的。

革命成功了，新的变成旧的，又一批新的上来了。旧的停下来拦住去路，说“我是赶过路程来的，我的血汗不能白流，我该歇下来舒服舒服。”新的说：“你的舒服就是我的痛苦，你耽误了我的路程。”又把他挤掉，……如此，武戏接二连三的演下去，于是革命似乎永远“尚未成功”。

让曾经新过来的旧的，不要只珍惜自己的过去，多多体念别人的将来，自己腰酸腿痛，拖不动了，就赶紧让。“功成身退”，不正是光荣吗？“后生可畏，焉知来者之不如今也？”这也是古训啊！

其实青年并非永远是革命的，“青年永远是革命的”这定理，只在“老年永远是不肯让路的”这前提下才能成立。

革命也不能永远“尚未成功”。几时旧的知趣了，到时功成身退，不致阻碍了新的发展，革命便成功了。

旧的悠悠退去，新的悠悠上来，一个跟一个，不慌不忙，哪天历史走上了演化的常轨，就不需要变态的革命了。

但目前，我们还要用“挤”来争取“悠悠”，用革命来争取演化。“悠悠”是目的，“挤”是达到目的手段。于是又想到变与乱的问题。变是悠悠的演化，乱是挤来挤去的革命。若要不乱挤，就只得悠悠的变。若是该变而不变，那只有挤得你变了。

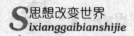

子在川上曰："逝者如斯夫，不舍昼夜！"古训也发挥了变的原理。

青年永远是革命的，革命永远是青年的。

从孩子得到的启示

◎ 丰子恺

孩子的心灵是最纯真的，如晶莹剔透的水晶，丝毫无瑕疵的美玉。在孩子们的眼中，一切事物都是那么的美好，不为世俗所伤，更不为名利所累。虽然这在成年人看来只是幼稚，但你我所缺少的难道不正是这种“幼稚”？

晚上喝了3杯老酒，不想看书，也不想睡觉，捉一个4岁的孩子华瞻来骑在膝上，同他寻开心。

我随口问：“你最喜欢甚么事？”他仰起头一想，率然地回答：“逃难。”我倒有点奇怪：“逃难”两字的意义，在他不会懂得，为甚么偏偏选择它？倘然懂得，更不应该喜欢了。我就设法探问他：“你晓得逃难是甚么？”

“就是爸爸、妈妈、宝姊姊、软软……娘姨，大家坐汽车，

去看大轮船。”

啊！原来他的“逃难”的概念是这样的！他所见的“逃难”，是“逃难”的这一面！这真是最可喜欢的事！

一个月以前，上海还属孙传芳的时代，国民革命军将到上海的消息日紧一日，素不看报的我，这时候也订一份《时事新报》，每天早晨看一遍。有一天，我正在看昨天的旧报，等候今天的新报的时候，忽然上海方面枪炮声响了，大家惊惶失色，立刻约了邻人，扶老携幼地逃到附近江湾车站对面的妇孺救济会里去躲避。其实倘然此地果真进了战线，或到了败兵，妇孺救济会也是不能救济的。不过当时张遑失措，有人提议这办法，大家就假定它为安全地带，逃了进去。那里面地方大，有花园、假山、小川、亭台、曲栏、长廊、花树、白鸽，孩子一进去，登临盘桓，快乐得如人新天地了。忽然兵车在墙外过，上海方面的机关枪声、炮声，愈响愈近，又愈密了。大家坐定之后，听听，想想，方才觉得这里也不是安全地带，当初不过是自骗罢了。有决断的人先出来雇汽车逃往租界。每走出一批人，留在里面的人增一次恐慌。我们集合邻人来商议，也决定出来雇汽车，逃到杨树浦的沪江大学。于是立刻把小孩们从假山中、栏杆内捉出来，装进汽车里，飞奔杨树浦了。

所以决定逃到沪江大学者，因为一则有邻人与该校熟识，二则该校是外国人办的学校，较为安全可靠。枪炮声渐远弱，到听不见了的时候，我们的汽车已到沪江大学。他们安排一个房间给我们住，又为我们代办膳食。傍晚，我坐在校旁黄浦江边的青草堤上，怅望云水遥忆故居的时候，许多小孩子采花、卧草，争看无数的帆船、轮船的驶行，又是快乐得如人新天地了。

次日，我同一邻人步行到故居来探听情形的时候，青天白日的旗子已经招展在晨风中，人人面有喜色，似乎从此可庆承平了。我们就雇汽车去迎回避难的眷属，重开我们的窗户，恢复我们的生活。从此“逃难”两字就变成家人的谈话的资料。

这是“逃难”。这是多么惊慌，紧张而忧患的一种经历！

然而人物一无损丧，只是一次虚惊；过后回想，这回好似全家的人突发地出门游览两天。我想假如我是预言者，晓得这是虚惊，我在逃难的时候将何等有趣！素来难得全家出游的机会，素来少有坐汽车、游览、参观的机会。那一天不论时，不论钱，浪漫地、豪爽地、痛快地举行这游历，实在是人生难得的快事！只有小孩子真果感得这快味！他们逃难回来以后，常常拿香烟簏子来叠作栏杆、小桥、汽车、轮船、帆船；常常问我关于轮船、帆船的事；墙壁上及门上又常常有有色粉笔画的轮船、帆船、亭子、石桥的壁画出现。可见这“逃难”，在他们脑中有难忘的欢乐的印象。所以今晚我无端地问华瞻最欢喜甚么事，他立刻选定这“逃难”。原来他所见的，是“逃难”的这一面。不止这一端：我们所打算、计较、争夺的洋钱，在他们看来个个是白银的浮雕的胸章；仆仆奔走的行人，扰扰攘攘的社会，在他们看来都是无目的地在游戏，在演剧；一切建设，一切现象，在他们看来都是大自然的点缀，装饰。

唉！我今晚受了这孩子的启示：他能撤去世间事物的因果关系的网，看见事物的本身的真相。我在世智尘劳的实生活中，也应该懂得这撤网的方法，暂时看看事物本身的真相。

唉，我要向他学习。

“天下熙熙，皆为名来，天下攘攘，皆为利往”，正当人们为名利为世俗所累的时候，而孩子却可以一眼看透事物的本领，这对你我难道不是一种讽刺？

勤奋·早熟·长寿

◎ 李达顺　李体秀

适应时代需要的科学兴趣，是人才成长的基本素养之一。这已经被中外科学史所证明，但科学发展史还证明，任何一位自然科学家，不管他的天赋多么高，对科学的兴趣多么浓厚，只不过为他的成长和成功提供了可能性，而要把这种成功的可能性变为现实性，还必须具备勤奋的素养。

适应时代需要的科学兴趣，是人才成长的基本素养之一。这已经被中外科学史所证明。但科学发展史还证明，任何一位自然科学家，不管他的天赋多么高，对科学的兴趣多么浓厚，只不过为他的成长和成功提供了可能性，而要把这种成功的可能性变为现实性，还必须具备勤奋的素养。门得列耶夫就说过："终身努力，便成天才"；爱迪生也说过："天才就是出汗"。

大凡载于世界科学史册上的科学家，没有一个不是经过艰苦努力而取得成功的。据说血液循环的发现者哈维一生中共有121次休假，却没有真正休过1次，其中前61次用来做了实验，后印次用来搞研究。牛顿在英国剑桥大学的30年里，大部分日寸间是在研究室里度过的，他常年每天工作16.7个小时之久，有时通宵达旦。富兰克林说："礼拜日是我的读书日"；达尔文说："我相信我没有偷过半小时懒"，有一次，他连续发烧几个星期仍然坚持工作，日本科学家野口世英为整理一部资料曾连续50天未正经睡眠。门得列耶夫每天五点半钟进实验室，下午6点半吃午饭，深夜吃晚饭，几乎常年如此。我国数学家陈景润说："我必须检阅外国资料的总和，消化前人智慧的尽可能不缺的全部成果，而后我才能在这样的基础上解答（1+2）这个命题。"新中国派出的留学生中第一个获得博士学位的郭爱克也说："科学就是勤奋，勤者就是要紧紧抓住时间。"

从事某一专门学科的研究，就必须消化前人在这方面的智慧成果，掌握与此有关的大量知识，积累大量的新材料，进行反复试验和深入研究，只有这样，才有可能"站在巨人的肩上"，有所发现，有所发明，有所创造，要做到这些，没有孜孜不倦的勤奋精神是不行的。勤奋能够成为增长才干的决定性因素，就在于它能提高时间的利用率，使人尽快地掌握人类建树的知识成果，强化大脑的活力，提高人的思维能力，从而能使人才成长的速度加快。世界上由于勤学苦练而早出成就的科学家是不胜枚举的。阿维森纳，自幼勤学，18 岁就成为著名的医生；伽里略 17 岁发现了有名的摆的定律，24 岁写出了《固体的重心》一书，被誉为“当代的阿基米德”；哈维获得硕士学位时年仅 20 岁；高斯解决作圆内正切 17 边形难题时也只有 19 岁，获得博士学位时才 22 岁；达尔文 16 岁进高等学校，29 岁开始写《物种起源》一书；巴甫洛夫 20 岁完成了《关于胰腺神经心理学》这部著作。

特别值得重视的是，不少的科学家不仅没有受过高等教育，而且连中等教育也未受过，他们全凭勤奋自修，提早取得了重大成就。钾、钠等元素的发现者戴维，16 岁时在一位医生和药剂师的店铺当学徒，凭着自己勤学苦练成了著名的科学家，20 岁时被任命为医疗气体研究所所长，24 岁时成为英国皇家学会的教授；斯蒂芬逊 8 岁当牛倌，十几岁当矿工，靠自修和上夜校学习迅速成长起来，19 岁当煤矿机械师，20 岁当总工程师，24 岁发明了火车；法拉第从 13 岁起在书店当学徒，22 岁做戴维的助手，33 岁成为皇家学会会员，30 岁时晋升为教授，41 岁发现了电磁感应现象；诺贝尔只念过小学，靠在旅游实践中攻读了许多书，24 岁发明了“气体测量器”，34 岁发明了烈性炸药。

上面事实说明，一分勤劳，一分成果。只有不畏艰苦，按既定目标忘我奋斗的人，才能尽快地成长，早出成果。同时勤奋也等于延长了人的生命。爱迪生12岁当报童，由于他肯于孜孜不倦地学习，从16岁发明电话自动拨号机起，一生中发明创造了一千多种科研成果。在他79岁生日时，他对客人说："我135岁"。因为他常年每天工作18个小时以上，从这个意义上说，勤奋使他的生命大大延长了。科学不负苦心人，这正是他获得惊人成果的重要原因所在。因此，凡是有志于从事自然科学研究者，要想取得成功，都应该在勤奋的品格上加强自己的修养。

终身努力，便成天才。一分勤劳，一分成果。

未还的孽债

◎余　杰

对自己当年的罪孽不仅没有任何忏悔，而且他们还摆出一副洋洋自得的模样：处不处理，全看我们高不高兴！日本政府面对的，好像是他人制造的罪孽，他们心安理得地置身事外。普天之下，再也找不出第二个这样厚颜无耻的政府了。

这是一笔未还的孽债。

1940年至1943年，日本侵略者在中国曾经2000多次使用化学武器杀害中国平民。据1992年公布的数据表明，被日本军队用化学武器杀害的中国人有8万多人。

死者已矣。但是，迄今为止，日本官方依然百般抵赖，不承认当年滔天的罪行，不承认南京大屠杀、不承认曾经在中国使用生化武器、不承认有过随军慰安妇。他们恬不知耻地说，他们是“进入”而不是侵略。然而，铁的事实摆在他们面前：抗日战争胜利半个多世纪以来，在中国东北陆续发现大批昔日遗留的化学武器。在抚顺，建筑工人在修路的时候挖出118枚化学炮弹；在牡丹江市，213枚化学炮弹却是从钢铁厂买来的废铁中发现的。中国居民被泄漏的化学武器伤害的事件层出不穷，许多村子里的百姓整天提心吊胆，生怕在耕地犁田、修建房屋的时候会触发当年日军埋下的弹头。半个世纪前留下的化学武器至今依然后患无穷。据初步估计，日本军队在中国大陆遗留下来的化学武器有70万发，种类包括白榴石、芥子气等，仅仅档案上有记载的就达3000吨。

这是一笔未还的孽债，这是一笔日本政府至今没有任何诚意弥补的孽债。在日本国内，只有很少的民众对此有正确的判断。神奈川大学的石敬一教授指出，弹药中含有不可能消除的剧毒元素——钠铁，即使经过处理，也会留下剧毒元素的固体，这必须运回日本收藏。“日军毒瓦斯展览会”负责人三岛静夫说：“有的日本人对日军战时的罪行认识不足，我们经常在日本各地进行图片展览，普及历史知识，要求把日军罪行列入教科书。”他认为政府应当尽早处理侵华日军遗留在中国的化学武器。“支持战争受害中国人索赔会”的负责人森正考则表示：“日本政府必须承认战争中对中国使用生化武器，并向受害者作出赔偿。”

然而，日本外务省的发言人却搪塞说，日中两国政府对此事尚无具体的协议。国际化学武器组织要求日本政府用5年的时间完成处理，而日本政府却表示需要10年，而且涉及的财政预算十分庞大。这名发言人的说法有些像是慈善组织，好像是在向中国人施舍。究竟是谁制造的生化武器？对自己当年的罪孽不仅没有任何忏悔，而且他们还摆出一副洋洋自得的模样：处不处理，全看我们高不高兴！日本政府面对的，好像是他人制造的罪孽，他们心安理得地置身事外。普天之下，再也找不出第二个这样厚颜无耻的政府了。

1999年4月11日，日本极右翼人物石原慎太郎当选东京都知事。观察家指出，石原的当选，等于日本军国主义的复活，并标志着日本人步向了极右民族主义。石原以一本《日本可以说不》轰动国际政界。在书中，他坚持用侮辱性的“支那”称呼中国，他公开宣称南京大屠杀是夸大和捏造。石原还“壮怀激烈”地登上钓鱼岛，声称钓鱼岛是日本的国土，必须捍卫钓鱼岛的“主权”。他把中国看做最大的敌人，宣称日本的政策是遏制中国。而这样一个狂妄的好战分子，居然以很大的优势当选日本首都的市长。人们投票选石原，很大程度上是因为他强烈的反华情绪。只要反华就能得到选票、得到支持，日本国民的心态可见一斑。善良的、不计前嫌的中国人民不得不思考：日本国民都是友好的吗？当年战争，仅仅是一小撮战犯逃逗起来的吗？我在历史资料中看到过太多的当年日本的妇孺积极支持“皇军”的照片，甚至包括东京大学的大学生们。

一场全面的战争，不是天皇和东条英机几个人就能够煽动起来的。它的背后有着极其深厚的民众基础。和平当然是重要的，但是和平不是可以通过绥靖来获得的；对日本过去的罪孽和目前的动向，我们应当保持相当的警惕。

对一个不知悔改的民族，仅仅有善良的愿望是不够的，我们自己口口声声说什么“一衣带水”，人家可不那样认为。以太大的善意来度量他人，最后倒霉的只有自己。

面对邪恶，面对一个制造罪孽一个不知悔改的民族，仅仅有善良的愿望是不够的。

快乐之源

◘ 罗　兰

我们应该多给自己安排几个生命力的泉源，当这边的泉源涸竭了，或遭遇故障时，你可以还有别的泉源。

人的情感需要经由多方面的途径去发抒。只有一条出路的话，会使你紧张，患得患失。反而容易受到打击。

我发现，有些人，他只有一个朋友，或只知道恋爱，而没有一点艺术上的爱好，也没有什么抱负，也不喜欢在生活中去寻找乐趣。于是，这一个朋友或爱人，就变成了他整个的世界。一旦他在这方面遭受了打击，他就觉得整个的世界都已崩溃，再也找不到一点光明和希望。

我也发现，另外有一些人，尽管他们在交友恋爱的时候很认真，但是，当他在这方面不顺利的时候，他会很快地把握住他的事业或他的爱好，把精神转移到另一个方向去。这样，他不但顺利地度过了友情或爱情上的逆境，而且还往往因此而激发出他的潜力，促成了他事业上的成功。

我们应该多给自己安排几个生命力的泉源，当这边的泉源涸竭了，或遭遇故障时，你可以还有别的泉源。

这样，不但生活中多有一些乐趣，而且由于我们储备了足够的应变的力量，心理上自然觉得轻松。心理上一轻松，对友情或爱情就不致过于固执与苛求。而正因为你对友情与爱情不固执，不苛求，在友情与爱情上成功的机会反而多了。

再说，所谓知音，本来就是可遇而不可求的。在你遇不到他的时候，你想求也求不来，你痛苦也没有用。当然，你更不必抱怨人间冷酷无情，也不必自鸣孤高，与世隔离。

人与人之间，心灵上的一点契合是很微妙的事。所以有人用“磁力感应”或“缘份”来解释人与人间的感情或友谊。

当你们互相了解的时候，就是互相了解，当你们彼此看不顺眼的时候，就是看不顺眼。要找出其间具体的理由，也许是很困难的。

也就因为如此，我才劝你不要把所谓的知音，列为人生必不可少的项目有它，你固然很幸运，没有它，也并非上帝待你不公。

想开一点，看淡一点，多给自己找点寄托，好好为自己安排一些理想或生活的目标。那时，你会觉得你即使没有知音，也不是什么大不了的事。

我们应该多给自己安排几个生命力的泉源，多给自己找点寄托，好好为自己安排一些理想或生活的目标，这便是快乐的泉源。

我有一个梦想

◎（美国）马丁·路德·金

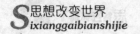

我有一个梦想：有一天，这个国家会腾升起来，真真正正地实行我们的立国信条——“我们认为这些真理是不言而喻的，人人生而平等。”

100年前，一个伟大的美国人签署了《解放宣言》。我们正站在他的象征性的影子之中。那个重要的宣言，对于数以百万计—处在不公正火焰煎熬摧残下的黑人奴隶，确实是一盏发出希望之光的耀眼明灯。他结束厂奴隶生活的漫漫长夜，带来了令人欢欣的黎明。

但是，100年后，我们依然要面对一个可悲的事实：黑人仍然没有得到自由。100年后，黑人还是被种族隔离的镣铐和歧视的锁链束缚着站不起来。100年后，黑人只能生活在物质繁荣的大海洋之中一个贫穷不堪的孤岛上。100 年后，黑人仍然被冷落在美国社会的边缘角落，好像是在自己国内遭到放逐一样。因此，我们今天来到这里，是为了引起人们注意这种令人震惊的状况。

在某种意义上，我们是到我国首都来兑现一张支票。当我们共和国的缔造者写下《宪法》和《独立宣言》两份光辉文件的时候，他们等于是签了一张由每一个美国人继承的期票。这张期票是一个许诺，保证人人享有生命、自由、追求快乐等不可剥夺的权利。

很明显，今天，对有色人种公民来说，这张期票没有兑现。美国没有履行这一神圣义务，而是给了黑人一张空头支票，这张支票被退了回来，写着“存款不足”。但是，我们不肯相信正义的银行已经破产。我们不肯相信，这个国家巨大的机会之库竟然会存款不足。因此，我们现在是来兑现这张支票——我们一拿出这张支票，就应该得到自由中的富有、公平中的安全。我们来到这个神圣的地点，也是为了提醒全美国人民此时此刻的紧急迫切性。再也没有时间允许我们慢条斯理地冷静下来，没有时间等待渐进主义的镇静剂发挥作用了。

现在，是使民主的许诺变成事实的时候了。

现在，是从黑暗、凄惨的种族隔离深谷走出来，走上阳光普照的种族公平之路的时候了。

现在，是向所有上帝子民打开冲会之门的时候了。现在，是把我们国家从种族不公平的流沙之中拉起来，放在人人皆兄弟的坚固磐石上的时候了。

如果国人忽视当前的紧迫性，低估黑人的决心，后果将会不堪设想。这个由于黑人的合理不满而特别炎热的夏天，在自由、平等的清凉秋天来临之前，是不会过去的。1963 年不是一个终点，而是一个起点。有些人以为，黑人只需要发泄一下消消怒气，就会满足厂，但是如果国人不户理会一切照常的话，有一天他们将会愕然惊醒。在黑人获得他们的公民权利之前，美国是不会得到安宁的。反抗的风暴将继续动摇我们国家的基础，直到我们迎来正义的光明日子。

但是，我也要向我的站在正义殿堂温暖大门前的同胞说几句话。在争取我们的正当地位的过程中，我们不要做出非法的行为。我们不要喝充满仇恨和苦痛的杯子里的水来满足我们对自由的渴望。我们一定要永远站在有尊严、守纪律的高度来进行我们的斗争。不要让我们的创造性抗争仙变成为暴力行动。我们一定要一次又一次地站在崇高的地位，以精神力量战胜物质力量。不要让充塞在黑人社区的那种激动人心的新战斗精神使得我们对所有白人都不信任，因为我们的许多白人兄弟，正如他们今天来到这里所证明，也都认识到，他们的命运与我们的命运是连在一起的，他们的自由与我们的自由是分不开的。我们不能独自走自己的路。

在我们前进的路上，我们要立誓，我们将义无反顾，勇往直前。有人问我们这些为民权而献身的人："你们什么时候才感到满足?"只要黑人还受害于骇人听闻的警察暴力，我们就绝不会满足。只要我们在旅途上的疲惫身躯不能仆进公路旁的旅店和城市里的大饭店，我们就绝不会满足。只要黑人的基本流动性只是从小贫民区搬到大贫民区，我们就绝不会满足。只要在密西西比州有一个黑人不能投票，只要纽约州有一个黑人觉得没有什么值得他去投票，我们就绝不会满足。不，不，我们不会满足，在公平好像流水、正义好像激流一样滚滚而来之前，我们不会满足。

我不是不知道，你们之中有的人来到这里，是经历厂重大的考验和磨难的。你们有的才刚刚从狭小的牢房释放出来。你们有的来自别的地方，在你们追求自由的斗争中遭到暴风雨般的迫害摧残，在警察暴行的狂风中步履维艰你们是经历过创造性苦难的老斗士。不该受的苦难町以为自己赎罪，怀着这个信念，继续努力吧！

回到密西西比，回到亚拉巴马，回到南卡罗来纳，回到佐治亚，回到路易斯安那，回到北部城市的贫民窟、贫民区吧！我们知道，这种情况是能够而¨迟早总会改变的。我们不要在绝望的深谷里面沉沦。

今天，朋友们，我要告诉你们，尽管此时此刻我们困难重重、挫折不断，们是我仍然有一个梦想，一个深深扎根在美国梦之中的梦想。

我有一个梦想：有一天，这个国家会腾升起来，真真正正地实行我们的立国信条——“我们认为这些真理是不言而喻的；人人生而平等。”

我有一个梦想：有一天，在佐治亚的红色山丘上，从前奴隶的子孙和从前奴隶主的子孙能够好像兄弟一样共坐一桌。

我有一个梦想：有一天，连密西西比这样一个在不公平和压迫之下炎热不堪的沙漠之州，也会变成一个自由、公平的绿洲。

我有一个梦想：有一天，我的 4 个孩子能够住在这样一个国家——别人对他们的评价，不是基于他们的肤色，而是基于他们的品格。

今天，我有一个梦想。

我有一个梦想：当前，亚拉巴马州的州长还是满口反对、拒绝，有一天，这个州也会转变成这样一种状况——黑人小男孩和黑人小女孩，与白人小男孩和白人小女孩，能够好像兄弟姐妹一样，手拉着手一起在路上走。

我的祖国，我为你，
美好自由的土地，
我为你歌唱，
让每一处山坡
响彻自由的回声。

美国要想在成为一个伟大的国家，就一定要做到这样。所以，让自由的回声响彻新罕布什尔州连绵不绝的山头吧！让自由的回声响彻纽约州的崇山峻岭吧！让自由的回声响彻宾夕法尼亚州高高耸立的阿勒格尼山脉吧！

自由的回声响彻科罗拉多州白雪皑皑的落基山脉吧！

让自由的回声响彻加利福尼亚州逶起伏的山峰吧！

这样还不够，让自由的回声响彻佐治亚州的斯通山吧！

让自由的回声响彻田纳西州的卢考特山吧！

让自由的回声响彻密西西比州的每一座大山小丘吧！让每一处山坡都响彻自由的回声吧！

如果我们让自由的回声响彻四方，如果我们让它响彻每一个大小村庄、每一个州和每一个城市，我们就能加快这样一天的到来，在这一天，所有上帝的子民，黑人和白人，犹太人和非犹太人、基督教徒和天主教徒，都能够手牵着手，共同唱出黑人老圣歌中的歌词："终于自由了！终于自由了！感谢全能的上帝，我们终于自由了！"

让自由平等的梦想插上翅膀，飞出村庄和城市，飞出希望和歌声。

石缝间的生命

林 希

不论是花草树木，还是人，只要拥有着不可扼制的生机，那么不管它面对如何严酷的现实环境，生命依然能够绽放出辉煌壮丽的色彩。芸芸众生中，我们或许无法选择生存环境，但却可以选择我们的生存方式。

石缝间倔强的生命，常使我感动得潸然泪下。

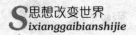

是那不定的风把那无人采撷的种籽撒落到海角天涯。当它们不能再找到泥土，它们便把最后一线生的希望寄托在这一线石缝里。尽管它们也能从阳光分享到温暖，从雨水里得到湿润，而唯有那一切生命赖以生存的土壤却要自己去寻找。它们面对着的现实该是多么严峻。

于是，大自然出现了惊人的奇迹，不毛的石缝间丛生出倔

强的生命。

或者只就是一簇一簇无名的野草，春绿秋黄，岁岁枯荣。它们没有条件生长宽阔的叶子，因为它们寻找不到足以使草叶变得肥厚的营养，它们有的只是三两片长长的细瘦的薄叶，那细微的叶脉告知你生存该是多么艰难；更有的，它们就在一簇一簇瘦叶下又自己生长出根须，只为了少向母体吮吸一点乳汁，便自去寻找那不易被觉察到的石缝。这就是生命。如果这是一种本能，那么它正说明生命的本能是多么尊贵，生命有权自认为辉煌壮丽，生机竟是这样地不可扼制。

或者就是一团一团小小的山花，大多又都是那苦苦的蒲公英。它们的茎叶里捅动着苦味的乳白色的浆汁，它们的根须在春天被人们挖去作野菜。而石缝间的蒲公英，却远不似田野上的同宗生长得那样茁壮。它们因山风的凶狂而不昵长成高高的躯干，它们因山石的贫瘠而不能拥有众多的叶片，它们的茎显得坚韧丽苍老，它们的叶因枯萎而失去光泽；只有它们的根竟似那柔韧而又强固的筋条，似那柔中有刚的藤蔓，深埋在石缝间狭隘的间隙里；它们已经不能再去为人们作佐餐的鲜嫩的野菜，却默默地为攀登山路的人准备了一个可靠的抓手，生命就是这样地被环境规定着，又被环境改变着，适者生存的规律尽管无情，但一切的适者都是战胜环境的强者，生命现象告诉你，生命就是拚搏。

果石缝间只有这些小花小草，也许还只能引起人们的哀

怜；而最为令人赞叹的，就在那石岩的缝隙间，还生长着参天的松柏，雄伟苍劲，巍峨挺拔。它们使高山有了灵气，使一切的生命在它们的面前显得苍白逊色。它们的躯干就是这样顽强地从石缝间生长出来，扭曲地、旋转地，每一寸树衣上都结着伤疤。向上，向上，向上是多么地艰难。每生长一寸都要经过几度寒暑，几度春秋。然而它们终于长成了高树，伸展开了繁茂的枝干，团簇着永不凋落的针叶。它们耸立在悬崖断壁上，耸立在高山峻岭的峰巅，只有那盘结在石崖上的树根在无声地向你述说，它们的生长是一次多么艰苦的拚搏。那粗如巨蟒，细如草蛇的树根，盘根错节，从一个石缝间扎进去，又从另一个石缝间钻出来，于是沿着无情的青石，它们延伸过去，像犀利的鹰爪抓住了它栖身的岩石。有时，一株松柏，它的根须竟要爬满半壁山崖，似把累累的山石用一根粗粗的缆绳紧紧地缚住，由此，它们才能迎击狂风暴雨的侵袭，它们才终于在不属于自己的生存空间为自己占有了一片天地。

如果一切的生命都不屑于去石缝间寻求立足的天地，那么，世界上就会有一大片一大片的大地方成为永远的死寂，飞鸟无处栖身，一切借花草树木赖以生存的生命就要绝迹，那里便会沦为永无开化之日的永远的黑暗。如果一切的生命都只贪恋于黑黝黝的沃土，它们又如何完备自己驾驭环境的能力，又如何使自己在一代一代的繁衍中变得愈加坚强呢？世界就是如此奇妙。试想，那石缝间的野草，一旦将它们的草籽撒落到肥沃的大地上，它们一定会比未经过风雨考验的娇嫩的种籽具有更为旺盛的生机，长得更显繁茂；试想，那石缝间的蒲公英，一旦它们的种籽，撑着团团的絮伞，随风飘向湿润的乡野，它们一定会比其他的花卉生长得茁壮，更能经暑耐寒；至于那顽强的松柏，它本来就是生命的崇高体现，是毅力和意志最完美的象征，它给一切的生命以鼓舞，以榜样。

愿一切生命不致因飘落在石缝间而凄凄艾艾。愿一切生命都敢于去寻求最艰苦的环境。生命正是要在最困厄的境遇中发现自己，认识自己，从而才能锤炼自己，成长自己，直到最后完成自己，升华自己。

石缝间顽强的生命，它既是生物学的，又是哲学的，是生物学和哲学的统一。它又是美学的，作为一种美学现象，它展现给你的不仅是装点荒山枯岭的层层葱绿，它更向你揭示出美的、壮丽的心灵世界。

石缝间顽强的生命，它是具有如此震慑人们心灵的情感力量，它使我们赖以生存的这个星球变得神奇辉煌。

越是艰苦的环境，越能孕育出更加顽强的生命力。所以身处逆境的人，千万不要将时间浪费在怨天尤人上，而是要将逆境看成是对自己的一种锻炼，从而更好地完善自己。

日晷之影

◎ 赵丽宏

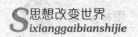

影子在日光下移动，轨迹如此飘忽。是日光移动了影子，还是影子移动了日光？不，都不是，是影子和日光都在移动。

仰望天空，我永远也不会感到枯燥和厌倦。飞鸟划过，把自由的向往写在天上。白云飘过，把悠闲的姿态勾勒在天上。乌云翻滚时，瞬息万变的天空浓缩了宇宙和人世的历史，瞬间的幻灭，演示出千万年的动荡曲折。

最神奇的，当然是繁星闪烁的天空。辽阔、深邃、神秘、无垠……这些字眼，都是为夜空设置的。人间的神话，大多起源于这可望见而不可穷尽的星空。仰望夜空时我常常胡思乱想，中国的传说和外国的神话在星光浮动的天上融为一体。嫦娥为了追求长生而投奔月宫，神女达佛涅为了摆脱宙斯的追求变成了一棵月桂树，嫦娥在月宫里散步时走到了达佛涅的月桂树下，两个同样寂寞的女神，她们会说些什么？

周穆王的八骏马展开翅膀腾云驾雾，迎面而来的，是赫利俄斯驾驭着那4匹喷火快马引曳的太阳车，中国的宝驹和希腊的神马在空中擦肩而过，马蹄和车轮的轰鸣惊天动地……射日的后羿和太阳神阿波罗在空中相遇，是弓剑相见，还是握手言欢？

有风的时候，我想起风神玻瑙阿斯，他拍动肩头的翅膀，正在天上呼风唤雨，呼啸的大风中，沙飞石走，天摇地撼。而中国传说中的风姨女神，大概也会舞动长袖来凑热闹，长袖过处，清风徐来，百鸟在风中飞散，落花在风中飘舞……我由此而生出奇怪的念头：风，难道也有雌雄之分？

在寂静中，我的耳畔会出现荷马史诗中描绘过的“众神的狂笑”，应和这笑声的，是孙悟空大闹天宫时发出的漫天喧哗……有时候，晴朗的夜空中看不见星星。夜空漆黑如墨，深不可测。于是想起了遥远的黑洞。黑洞是什么？它是冥冥之中一只窥探万物的眼睛。它目力所及的一切，都会无情地被它吸入，消亡在它无穷无尽的黑暗里。也许，我和我的同类，都在它的视线之内，我们都在经历被它吸入的过程。这过程缓慢而无形，我们感觉不到痛苦，然而这痛苦的被吸入过程正在有条不紊地进行。

那么，那些死去的人，大概是完成了这样的痛苦。他们离开世界，消失在黑洞中。活着的人们永远也无法知道他们被吸入黑洞一刹那的感觉。发现了黑洞的霍金坐在轮椅上，他仰望星空的目光像夜空一样深不可测。

宇宙的无边无际，我从小就想不明白，有时越想越糊涂。天外有天，天外的天外的天又是什么？至于宇宙的成因，就更加使我困惑。据说，在极遥远的年代，宇宙产生于一次大爆炸，这威力巨大的爆炸使宇宙在瞬间膨胀了无数亿倍。今天的宇宙，仍在这膨胀的过程中。爱因斯坦的广义相对论为这样的“爆炸”和“膨胀”说提供了依据。

于是坐在轮椅上的霍金说话了：“假如膨胀宇宙论是正确的，宇宙就包含有足够的暗物质，它们似乎与构成恒星和行星的正常物质不同。”“暗物质”，也就是隐形物质，据说它们占了宇宙物质的 90%。也就是说，在天地之间，大多数的物质，我都看不见摸不着，它们包围着我，而我却一无所知。多么可怕的事情！

科学家正在很辛苦地寻找“暗物质”存在的依据。这样的探寻，大概是人世间最深奥最神秘的工作。但愿他们会成功。

而我们这样平凡的人，此生大概只能观察、触摸那 10%的有形物质。然而这就够了，这并不妨碍我的思想远走高飞。

一只不知名的小花雀飞到我.的书房窗台上，灰褐色的羽毛中，镶嵌着几缕耀眼的鲜红。这样可爱的生灵，还好没有归入隐形的一类。花雀抬起头来，正好撞到了我凝视的目光。它瞪着我，并不因为我的窥视而退缩，那对闪闪发亮的小眼睛，似乎凝集了天地间的惊奇和智慧。它似乎准备发问，也准备告诉我远方的见闻。

我向它伸出手去，它却张开翅膀，飞得无影无踪。

为什么，它的目光使我怦然心动？

微风中的芦苇姿态优美。柔曼妩媚，向世界展示生命的万种风情。微风啊，你是生命的化妆品，你用轻柔透明的羽纱制作出不重复的美妙时装，在每一株芦苇身边舞蹈。你把梦和幻想抛撒在空中，青翠的芦叶和银白的芦花在你的舞蹈中羽化成蝴蝶和鸟，展翅飞上清澈的天空。

微风轻漾时，摇曳的芦苇像沉醉在冥想中的诗人。

在一场暴风雨中，我目睹了芦苇被摧毁的过程。也是风，此时完全是另外一副面容，温和文雅不知去向，取而代之的是疯狂和粗暴，撕裂的绿叶在狂风中飞旋，折断的苇杆在泥泞中颤抖……这是一场实力悬殊的战争，是强大的入侵者对无助弱者的蹂躏和屠杀。

暴风雨过去后，世界像以前一样平静。狂风又变成了微风，踱着悠闲的慢步徐徐而来，然而被摧毁的芦苇再也无法以优美的姿态迎接微风。微风啊，你是代表离去的暴风雨来检阅它的威力和战果，还是出于愧疚和怜悯，来安抚受伤的生命？

芦苇无语。倒伏在地的苇杆上，伸出尚存的绿叶，微风吹动它们，它们变成了手掌，无力地摇动着，仿佛在表示抗议，又像是为了拒绝。

可怜的芦苇！它们倒在地上，在微风中舔着伤口，心里决不会有报仇的念头。生而为芦苇，永不可能成为复仇者。只能逆来顺受地活下去，用奇迹般的再生证明生命的坚忍和顽强。

而风，来去无踪，美化着生命，也毁灭着生命。有人在赞美它的时候，也有人在诅咒它们。

无须从哲人的词典里选取闪光的词汇为自己壮胆。活在这世上，每一个人都具备了做一个哲人的条件。你在生活的路上挣扎着，你在为生存而搏斗，你在爱，你在恨，你在寻求，你在追求一个目标，你在为你的存在而思索，为你的行动而斟酌，你就可能是一个哲人。不要说你不具备哲人的智慧和深沉，即便你木讷少言，你也可能口吐莲花。

行者，必有停留之时。在哪一点上停下来其实并不重要。要紧的是停下来之前走了多少路，走到了什么地方，看见了一些什么。

将生命停止在风景美妙的一点上，当然有意思。即便是停止在幽暗之处，停止在人迹罕至的场所，停止在荒凉的原野，也不必遗憾。只要生命能成为一个坐标，为世人提供一点故事，指点一段迷津，你就不会愧对曾经关注你的那些目光。

我仰望天空，我知道上苍在俯视我。我头顶的宇宙就是上帝，我无法了解和抵达的一切，都凝聚在上帝的目光中，这目光深邃博大，能包容世间万物。

我想，惟一无法被上帝探知的，是我的内心。你知道我在想什么，我在憧憬什么，我在期待什么？上帝，你不知道，我也不会告诉你。如果你以为你已洞察一切，那么你就错了。

是的，对于我的内心来说，我自己就是上帝。

这是一篇思想性很强的散文，通篇弥漫的是作家对事物多重性的思考，恰恰体现了其思想的深邃一面。面对固有的认识定论，作家独辟蹊径地表现了自己对这个世界的极具个性的探寻。

一个鸡蛋的家当

◎邓　拓

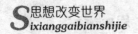

任何巨大的财富，在最初积累的时候，往往是由一个很小的数量开始的。这正如集腋可以成裘、涓滴可以成江河的道理一痒。

说起家当，人们总以为这是相当数量的财富。家当的“当”字，本来应该写成“帑”字。帑是货币贮藏的意思，读音如“荡”字，北方人读成“当”字的同音，所以口语变成了“家当”。

我们平常说某人有了家当，就是承认他有许多家财，却不会相信一个鸡蛋能算得了什么家当！然而，庄子早就讲过有“见卵求富”的人，因此，我们对于一个鸡蛋的家当，也不应该小看它。

的确，任何巨大舶财富，在最初积累的时候，往往是由一个很小的数量开始的。这正如集腋可以成裘、涓滴可以成江河的道

理一样。但是，这并不是说，无论在什么情况下，你只要有了一个鸡蛋，就等于有了一份家当。事情决不可能这样简单和容易。

明代万历年间，有一位小说家，名叫江盈科。他编写了一部《雪涛小说》，其中有一个故事说："一市人，贫甚，朝不谋夕。偶一日，拾得一鸡卵，喜而告其妻曰：我有家当矣。妻问安在？持卵示之，曰：此是，然须十年，家当乃就。因与妻计曰：我持此卵，借邻人伏鸡乳之，待彼雏成，就中取一雌者，归而生卵，一月可得十五鸡。两年之内，鸡又生鸡，可得鸡三百，堪易十金。我以十金易五牸，牸复生牸，三年可得二十五牛。牸所生者，又复生牸，三年可得百五十牛，堪易三百金矣。吾持此金以举债，三年间，半千金可得也。"

这个故事的后半还有许多情节，没有多大意义，可以不必讲它。不过有一点还应该提到，就是这个财迷后来说，他还打算娶一个小老婆。这下子引起了他的老婆"怫然大怒，以手击卵，碎之"。于是这一个鸡蛋的家当就全部毁掉了。

你看这个故事不是可以说明许多问题吗？这个财迷也知道，家当的积累是需要不少时间的。因此，他同老婆计算要有十年才能挣到这份家当。这似乎也合于情理。但是，他的计划简直没有任何可靠的根据，而完全是出于一种假设，每一个步骤都以前一个假设的结果为前提。对于十年以后的事情，他统统用空想代替了现实，充分显出了财迷的本色，以致激起老婆生气，一拳头就把他的家当打得精光。更重要的是，他的财富积累计划根本不是从生产出发，而是以巧取豪夺的手段去追求他自己发财的目的。

如果要问，他的鸡蛋是从何而来的呢？回答是拾来的。这个事实本来就不光彩。而他打算把这个拾来的鸡蛋，寄在邻居母鸡生下的许多鸡蛋里一起去孵，其目的更显然是要混水摸鱼，等到小鸡孵出以后，他就将不管三七二十一，抱一个小母鸡回来。可见这个发财的第一步计划，又是连偷带骗的一种勾当。

接着，他继续设想，鸡又生鸡，用鸡卖钱，钱买母牛，母牛繁殖，卖牛得钱，用钱放债，这么一连串的发财计划，当然也不能算是生产的计划。其中每一个重要的关键，几乎都要依靠投机买卖和进行剥削，才能够实现的。这就证明，江盈科描写的这个“市人”，虽然“贫甚”，却不是劳苦的人民，大概是属于中世纪城市里破产的商人之流，他满脑子都是欺诈剥削的想法，没有老老实实地努力生产劳动的念头。这样的人即使挣到了一份家当，也不可能经营什么生产事业，而只会想找个小老婆等等，终于引起夫妻打架，不欢而散，那是必然的结果。

历来只有真正老实的劳动者，才懂得劳动产生财富的道理，才能够摒除一切想入非非的发财思想，而踏踏实实地用自己的辛勤劳动，为社会也为自己创造财富和积累财富。

财富是靠劳动来创造，不是靠投机和欺诈。

鸟儿中的理想主义

◎筱 敏

就我们生活在大千世界上的每个人来讲，现实是残酷的。但并非是无法适应的。就像笼中的鸟一样，只有学会适应外部环境的人才能真正的生存下来。如果不能适应这种现实，我们就永远无法冲出心理与存在的怪圈。

我对笼中继续扑翼的鸟一直怀有敬意。

几乎每一只不幸被捕获的鸟，刚囚人笼中都是拼命扑翼的，它们不能接受突然转换了的现实场景，它们对于天空的记忆太深，它们的扑翼是惊恐的，焦灼不安的，企图逃离厄运的，拒绝承认现实的。然而一些时日之后，它们大都安静下来，对伸进笼里来的小碗小碟中的水米，渐渐能取一种怡然的姿态享用。它们接受了残酷的现实，并学会把这看成生存的常态。它们的适应能力是很强的。适应能力强，这对人，对鸟，对任何生物，都是一个褒奖的词语。它们五师自通，就懂得了站在主人为他们架在笼中的假树杈上，站在笼子的中心位置，而不是在笼壁上徒劳地乱撞。就像主人期待的那样，优雅地偏头梳理它们的羽毛。如果有同伴，就优雅地交颈而眠。更重要的是，当太阳升起的时候，或者主人逗弄的时候，就适时适度地婉转地歌唱，让人感到生活是如此的自由、祥和、闲适。而天空和扑翼这种与生俱来的事情，也就是多余的了。

但有一些鸟的适应能力却很差，这大抵是鸟类中的古典主义者或理想主义者。它们对生命的看法很狭隘，根本不会随现实场景的转换而改变。在最初的惊恐与狂躁之后，它们明白了厄运，它们用最荏弱的姿态来抗拒厄运。它们是安静的，眼睛里是极度的冷漠，对小碟小碗时伸过来的水米漠然置之，那种神态，甚至于让恩赐者感到尴尬，感到有失自尊。鸟儿的眼睛里一旦现出这样的冷漠，就不可能再期待它们的态度再现转机，无论从小笼子换到大笼子，还是把粗瓷碗换成金边瓷碗，甚至于再赏给它一个快乐的伙伴，都没有用了。这一切与它们对生命的认定全不沾边儿。事实上，这时候它们连有关天空的梦也不做了，古典主义者总是悲观的、绝望的，它们只求速死。命运很快就遂了它们的心愿。

而一直怀有敬意的，是鸟儿中的另一种理想主义，这种鸟

儿太少，但我侥幸见过一只，因为总是无端想起，次数多了，竟觉得这鸟儿的数目似乎在我感觉中也多了。

我见到这只鸟儿的时候，它在笼中已关了很久了，我无从得见它当初的惊恐和焦灼，不知它是不是现出过极度的冷漠，或者徒劳地撞击笼壁，日夜不停地用喙啄笼壁的铁枝。我见到它的时候，它正在笼子里练飞。它站在笼子底部，扑翼，以几乎垂直的路线，升到笼子的顶部，撞到那里，跌下来，然后仰首，再扑翼……这样的飞，我从来没见过。它在笼中划满风暴的线条，虽然这些线条太短，不能延伸，但的确饱涨着风暴的激情。它还绕着笼壁飞，姿态笨拙地，屈曲着，很不洒脱，很不悦目，但毕竟它是在飞。它知道怎样利用笼内有限的气流，怎样训练自己的翅膀，让它们尽可能地张开，尽可能地保持飞翔的能力。

在这样一只鸟的面前，我感觉惭愧。

一般我们很难看见鸟是怎样学飞的，那些幼鸟，那些被风暴击伤了的鸟，那些在岩隙里熬过隆冬的鸟，还有哪些被囚的鸟。这是一个隐秘的事。我们只看见过它们在天空中划过，自由地扑翼，桀骜地滑翔，我们只羡慕上帝为它们造就了辽阔的天空。

但在看到那只在笼中以残酷的方式练飞的鸟之后，我明白，天空的辽阔与否，是由你自己造就的，这种事情上帝根本无能为力。上帝只是说，天空和飞翔是鸟类的生命形式，而灾

难和厄运也是世界存在的另一种形式。至于在灾难和厄运中你是否放弃，那完全是你自己的事情。

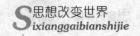

我们每个人都应该学会释放自己，做一只理想主义的鸟。只有这样才能激发出生命的火花，点亮光明的未来，从而活出生命的精彩。

傅雷家书(节选)

◎傅　雷

1955年1月26日

赤子孤独了，会创造一个世界，创造许多心灵的朋友！永远保持赤子之心，到老也不会落伍，永远能够与普天下的赤子之心相接相契相抱！

早预算新年中必可接到你的信，我们都当作等待什么礼物一般的等着。果然昨天早上收到你的来信，而且是多少可喜的消息。孩子！要是我们在会场上，一定会禁不住涕泗横流的。世界上最高的最纯洁的欢乐，莫过于欣赏艺术，更莫过于欣赏自己的孩子随手和心传达出来的艺术！其次，我们也因为你替祖国增光而快乐！更因为你能借音乐而使多少人欢笑而快乐！想到你将来一定有更大的成就，没有止境的进步，为更多的人更广大的群众服务，鼓舞他们的心情，抚慰他们的创痛，我们真是心都要跳出来了！能够把不朽的大师的不朽的作品发扬光大，传布到地球上每一个角落去，真是多神圣，多光荣的使命！孩子，你太幸福了，天待你太厚了。我更高兴的更安慰的是：多少过分的谀词与夸奖，都没有使你丧失自知之明，众人的掌声，拥抱，名流的赞美，都没有减少你对艺术的谦卑！总算我的教育没有白费，你20年的折磨没有白受！你能坚强(不为胜利冲昏了头脑是坚强的最好的证据)，只要你能坚强，我就一辈子放了心！成就的大小、高低，是不在我们掌握之内的；一半靠人力，一半靠天赋，但只要坚强，就不怕失败，不怕挫折，不怕打击——不管是人事上的，生活上的，技术上的，学习上的——打击；从此以后你可以孤军奋斗了。何况事实上有多少良师益友在周围帮助你，扶掖你。还加上古今的名著，时时刻刻给你精神上的养料！孩子，从今以后，你永远不会孤独的了，即使孤独也不怕的了！

赤子之心这句话，我也一直记住的。赤子便是不知道孤独的。赤子孤独了，会创造一个世界，创造许多心灵的朋友！永远保持赤子之心，到老也不会落伍，永远能够与普天下的赤子之心相接相契相抱！你那位朋友说得不错，艺术表现的动人，一定是从心灵的纯洁来的！不是纯洁到像明镜一般，怎能体会到前人的心灵？怎能打动听众的心灵？

音乐院长说你的演奏像流水，像河；更令我想到克利斯朵夫的象征。天舅舅说你小时候常以克利斯朵夫自命；而你的个性居然和罗曼·罗兰的理想有些相像了。河·莱茵，江声浩荡……钟声复起，天已黎明……”：中国正到了“复旦”的黎明时期，但愿你做中国的——新中国的——钟声，响遍世界，响遍每个人的心！滔滔不竭的流水，流到每个人的心坎里去，把大家都带着，跟你一块到无边无岸的音响的海洋中去吧！名闻世界的扬子江与黄河，比莱茵的气势还要大呢！……黄河之水天上来，奔流到海不复回！……无边落木萧萧下，不尽长江滚滚来！……有这种诗人灵魂的传统的民族，应该有气吞牛斗的表现才对。

你说常在矛盾与快乐之中，但我相信艺术家没有矛盾不会进步，不会演变，不会深入。有矛盾正是生机蓬勃的明证。眼前你感到的还不过是技巧与理想的矛盾，将来你还有反复不已更大的矛盾呢：形式与内容的枘凿，自己内心的许许多多不可预料的矛盾，都在前途等着你。别担心，解决一个矛盾，便是前进一步！矛盾是解决不完的，所以艺术没有止境，没有 perfect（完美，十全十美）的一天，人生也没有 perfect（完美，十全十美）的一天！惟其如此，才需要我们日以继夜，终生的追求、苦练；要不然大家做了羲皇上人，垂手而天下治，做人也太腻了！

父母不仅给儿女一个躯体，他们还要赋予这个躯体以人格、思想品德。爱是一笔财富，取用不尽。

钱钟书写《围城》

◘ 杨 绛

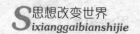

“假如你吃了个鸡蛋觉得不错，何必认识那下蛋的母鸡呢？”

创作的一个重要成分是想像，经验好比黑暗里点上的火，想像是这个火所发的光；没有火就没有光，但光照所及，远远超过火点儿的大小。创造的故事往往从多方面超越作者本人的经验。要从创造的故事里返求作者的经验是颠倒的。作者的思想情感经过创造，就好比发过酵而酿成了酒；从酒里辨认酿酒的原料，大非易事。

自从 1980 年《围城》在国内重印以来，我经常看到钟书对来信和登门的读者表示歉意：或是诚诚恳恳地奉劝别研究什么《围城》；或客客气气地推说“无可奉告”；或者竟是既欠礼貌又不讲情理地拒绝。一次，我听他在电话里对一位求见的英国女士说：“假如你吃了个鸡蛋觉得不错，何必认识那下蛋的母鸡呢？”我直担心他冲撞人。胡乔木同志偶曾建议我写一篇《钱钟书与（围城）》。我确也手痒，但以我的身分，容易写成钟书所谓“亡夫行述”之类的文章。不过我既不称赞，也不批评，只据事纪实，钟书读后也承认没有失真。这篇文章原是朱正同志所编《骆驼丛书》中的一册，也许能供《围城》的偏爱者参考之用。

钱钟书在《围城》的序里说，这本书是他“锱铢积累”写成的。我是“锱铢积累”读完的。每天晚上，他把写成的稿子给我看，急切地瞧我怎样反应。我笑，他也笑；我大笑，他也大笑。有时我放下稿子，和他相对大笑，因为笑的不仅是书上的事，还有书外的事。我不用说明笑什么，反正彼此心照不宣。然后他就告诉我下一段打算写什么，我就急切地等着看他怎么写。他平均每天写500字左右。他给我看的是定稿，不再改动。后来他对这部小说以及其它“少作”都不满意，恨不得大改特改，不过这是后话了。

钟书选注宋诗，我曾自告奋勇，愿充白居易的“老妪”——也就是最低标准；如果我读不懂，他得补充注释。可是在《围城》的读者里，我却成了最高标准。好比学士通人熟悉古诗文里词句的来历，我熟悉故事里人物和情节的来历。除了作者本人，最有资格为《围城》做注释的，该是我了。

看小说何需注释呢？可是很多读者每对一本小说发生兴趣，就对作者也发生兴趣，并把小说里的人物和情节当做真人实事。有的干脆把小说的主角视为作者本人。高明的读者承认作者不能和书中人物等同，不过他们说，作者创造的人物和故事，离不开他个人的经验和思想感情。这话当然很对。可是我曾在一篇文章里指出：创作的一个重要成分是想像，经验好比黑暗里点上的火，想像是这个火所发的光；没有火就没有光，但光照所及，远远超过火点儿的大小。创造的故事往往从多方面超越作者本人的经验。要从创造的故事里返求作者的经验是颠倒的。作者的思想情感经过创造，就好比发过酵而酿成了酒；从酒里辨认酿酒的原料，大非易事。我有机缘知道作者的经历，也知道酿成酒的是什么原料，很愿意让读者看看真人实事和虚构的人物情节有多少联系，而且是怎样的联系。因为许多所谓写实的小说，其实是改头换面地叙写自己的经历，提升或满足自己的感情。这种自传体的小说或小说体的自传，实在是浪漫的纪实，不是写实的虚构。而《围城》却是一部虚构的小说，尽管读来好像真有其事，实有其人。

透彻地阐述了创作的主要成分和来源是经验和想像。

诗人与酒

◎洛　夫

一壶酒香，浸透着千年的时空；一页诗篇，回荡着千年的吟唱。诗是要有酒的，故诗人大都善饮。不管是与友同饮，还是月下独酌，酒的醇香，和着诗人高洁的灵魂，在厚重的史册上留下了永远的清风明月。

岁末天寒，近日气温骤降，惟一的乐趣是靠在床头拥被读唐诗。常念到白居易的《问刘十九》：“绿蚁新醅酒，红泥小火炉。晚来天欲雪，能饮一杯无？”我忽然渴望身边出现两样东西：雪与酒。酒固伸手可得，而雪，却难得一见。

小时候读这首诗，我只能懂得四分之三，最后一句的味道怎么念也念不出来，后来年事渐长，才靠一壶壶的绍兴高梁慢慢给醺了出来。对于饮酒，我徒拥虚名，谈不上酒量，平时喜欢独酌一两盏，最怕的是轰饮式的闹酒；每饮浅尝即止，微醺是我饮酒的最佳境界。一人独酌，可以深思漫想，这是哲学式的饮酒；两人对酌，可以灯下清谈，这是散文式的饮酒。但超过三人以上的群酌，不免会形成闹酒，乃至酗酒，这样就演变为戏剧性的饮酒，热闹是够热闹，总觉得缺乏那么一点情趣。

有人说，好饮两杯的人，都不是俗客，故善饮者多为诗人与豪侠之士。张潮庄《幽梦影》一文中说："胸中小不平，可以酒消之；世间大不平，非剑不能消也。"这话说得多么豪气干云！可是这并不能证明，雅俗与否，跟酒有绝对的关系。如说饮者大多为世间打抱不平者，替天行道，一剑在手风雷动，群魔魍魉皆伏首。而诗人多为文弱书生，而感触又深，胸中的块垒只好靠酒去浇了。

酒可以渲染气氛，调剂情绪，有助于谈兴，故浪漫倜傥的诗人无不喜欢这个调儿。酒可以刺激神经，产生灵感，唤起联想。二十来岁即位列"初唐四杰"之冠的王勃，据说在他写《滕王阁》七言古诗和《滕王阁序》时，先磨墨数升，继而酣饮，然后拉起被子覆面而睡，醒来后抓起笔一挥而就，一字不易。李白当年奉诏为玄宗写清平调时，也是在烂醉之下用水泼醒后完成的"钟鼓馔玉不足贵，但愿长醉不复醒，古来圣贤皆寂寞，唯有饮者留其名。"他的《将进酒》字字都含酒香。如果把他所有写酒的诗拿去压榨，也许可以榨出半壶高粱酒来。

据《世说新语》所载：一天刘伶酒瘾发作，向太太索酒。

太太一气之下，将所有的酒倒掉，并且把酒具全部砸毁，然后一把鼻涕一把眼泪劝他说："你饮酒太过，非养生之道，必须戒掉。""刘伶说："好吧，不过要我自己戒是戒不掉的，只有祝告神灵后再戒。"他太太信以为真，便遵嘱为他准备了酒肉。于是刘伶跪下发誓说："天生刘伶，以酒为名，一饮一斛，五斗解醒，妇人之言，慎不可听！"祝祷既毕，便大口喝酒，大块进肉，醉得人事不知。在这方面，苏东坡的太太就显得贤慧得多。《后赤壁赋》中有一段关于饮酒的对话，非常精彩。话说宋神宗元丰五年十月某夜，苏东坡从雪堂步行回临皋，有两位朋友陪他散步而去，这时月色皎洁，情绪颇佳，走着走着，他忽然叹息说："有客无酒，有酒无肴，月白风清，如此良宵何？"一位朋友接道："今者薄暮，举纲得鱼，巨口细鳞，状如松江之鲈，顾安所得酒乎？"有鱼就好办，于是苏东坡匆匆赶回去跟老妻商量。苏夫人果然是一位贤德之妇，她说："我有斗酒，藏之久矣，以待子不时之需。"只要听到这两句话就够醉人的了。

中国古典诗中关于友叙、送别与感怀这一类的作品最多，故诗中经常流着两种液体，一是眼泪，一是酒。

诗人的豪迈婉约，酒的醇香醉人，如此和谐地交融在一起。有诗，就要有酒，有酒，就更要有诗。

咸亨酒店喝绍酒

◎余　杰

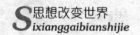

一个小小的酒店，因为一篇文字而享誉世界。人们通过一篇短短的文字而记住了小酒店的名字，特别是那个曾经在这里喝过酒的可怜的读书人，文字的力量并不完全是脆弱的，它指向人性最深刻的层面，它穿越历史的烟云，沟通处于不同时空中的一颗又一颗的心灵。

这篇文字就是鲁迅先生的短篇小说《孔乙己》。穿着长衫却站着喝酒的孔乙己，现在早就成了家喻户晓的人物。孔乙已是鲁迅创造的一个虚构的人物形象。孔乙已的原型是鲁迅小时候的邻居、一个被叫做“孟夫子”的穷困的读书人，他因为偷书被别人打断了腿。“孔乙已”这个人物，虽然是鲁迅先生虚构的，但他喝酒的地方却不是虚构的。孔乙已喝酒的咸亨酒店，位于绍兴城的都昌坊口，是由鲁迅的几个本家合资开设的，其中有鲁迅的从叔周仲翔。咸亨酒店经营不佳，从光绪甲午年前后开张营业，只开了两三年就关门大吉了。现在的咸亨酒店，是 1981 年在鲁迅诞辰 100 周年的时候，在原址附近重建的。在小酒店的旁边，还建起了一家现代意义上的供客人居住的大酒店。前者是“真”的咸亨酒店，而后者是“假”的咸亨酒店。我们决定住在“假”咸亨酒店里，因为“真”咸亨酒店就在“假”咸亨酒店的旁边，我们可以随时进去喝酒。

小酒店是绍兴典型的黑白两种颜色鲜明对比的建筑，白的墙，黑的柱子和黑的瓦。小酒店依然是当年的格局：店堂里，有曲尺形的大柜台。有的顾客图方便，就直接在柜台前喝酒并吃下酒的小菜。有的顾客则坐在店里喝酒。桌子还是小方桌，凳子还是长条凳。在鲁迅笔下，站着喝酒的是“短衣帮”，是下层民众；坐着喝酒的是“长衫帮”，是有身份的人。但在今天，这一区别却不存在了，要站要坐随自己的意。我们到酒店的时候，就看到一位气质高雅的老者站在柜台边喝酒，一副怡然自得的模样。下酒的菜，主要的几种还是当年的那些，荤菜有：越鸡、酱鸭、油爆虾、青鱼干、湖蟹、酥鱼、虾球等等；素菜有：回香豆、香干、臭豆腐、皮蛋、盐煮花生米等等。今天的咸亨酒店，小菜的种类更加丰富，不过全部都是凉菜。

我们刚刚来到小酒店，就拥进一大群中学生。他们都穿着统一的校服，大概是学校组织秋游。男孩女孩们先是围着店外的孔乙己雕像看个不停、说个不停。我笑着对宁萱说："他们可能刚学过鲁迅的《孔乙己》吧。"天真烂漫的孩子们围着孔乙己拍照，闪光灯闪个没完没了。而孔乙己依然用瘦骨嶙峋的手指扣住装着"多乎哉？不多也"的茴香豆的小碗。然后，中学生们像潮水一样占据了酒店里大部分的桌子，男孩们像梁山好汉们一样大声点菜、要酒。带队的老师也跟孩子们坐在一起，笑眯眯地看着孩子们"放肆"的言行。也许绍兴的黄酒度数不高，老师才允许孩子们喝一点；也许孩子们平时被管教得太严格了，难得这样放纵一番，再加上到了鲁迅先生的老家，老师也就纵容纵容他们了。于是，我们看到孩子们有趣的神态：他们各自倒上一小碗黄酒，然后同桌子的几个孩子装出大人的样子来相互碰杯，大家一饮而尽。我一边看着这群孩子，一边想：假如鲁迅先生看到这一切，他会怎样呢？我又想起先生的散文《风筝》，有一颗顽皮的童心的鲁迅先生，一定会跟孩子们坐在一张桌子上，与孩子们一起喝酒、吃茴香豆的。那才是平日里峻急的先生最快活的时刻呢。而孩子们也会喜欢先生的，喜欢先生开怀的大笑，喜欢先生喝酒喝得呛了的时候流眼泪的样子。

中学生们像一阵风，来得快去得也快。等他们都走了，小店又恢复了静谧。这时，我与宁萱才从从容容地来到柜台前面，挑选下酒的小菜和黄酒。遗憾的是，小酒店居然不卖温过的黄酒。而绍兴的黄酒，大多是要温着喝的，而且要用特殊的器具，叫“串筒”。绍兴有句民谣：“跑过三江六码头，吃过串热老酒。”意思是说，喝过串筒热的酒就算见过世面的人。不知什么原因，今天的咸亨酒店没有了串筒，也没有了温过的酒。尽管小酒店里的酱鸭和茴香豆很好吃，但是没有喝到温过的酒，心里有淡淡的惆怅。冷酒我没有喝多少，带了大半瓶回房间。

回到入住的“假”酒店，让服务员将半瓶酒温好。当然不可能是用传统的串筒温的，但是也不能太苛求了。温过的酒，酒香扑鼻。先噙一小口，含在嘴里，让它在舌尖转一圈，再缓缓地咽下喉头。这时，绍酒的醇厚可口才显示出来。绍兴人自豪地说，绍兴的老酒“有三间屋可香”，我原来以为是夸张的说法，现在才知道实在是名不虚传。我一边喝，一边读关于绍酒的材料。绍酒有元红、加饭、善酿和香雪四个品种。所谓元红即“状元红”，得名于酒的颜色，呈深红色。古代绍兴人家有这样的风俗：女儿呱呱坠地以后，就在地里埋下若干坛酒，储存起来，待女儿长大出嫁时作为嫁妆，并用来宴请亲朋好友，所以俗称“女儿红”。所谓加饭，就是酿酒的时候，一石八斗米再加上三斗米煮成的饭，水依旧是七百斤，因为加了三斗米的饭，所以叫加饭。所谓善酿，就是用开缸以后不上榨的白酒当水酿成的。所谓香雪，是用加饭的糟熬成的烧酒代替水，再加工而成，味道甜美。四种绍酒各具特色，各领风骚。我喝的是“加饭”。原来，我还以为加饭的意思是在饭前喝增加食欲的，此时才恍然大悟。待到读完材料，不知不觉地，大半瓶加饭已经见底了。

宁萱一看我的脸色，大吃一惊："看看，都成关公脸了！"我照照镜子，果然脸色通红。浑身的毛孔就像全部张开了一样，暖洋洋的，说不出有多舒服。这大概就是古人所说的"微醺"的感觉吧。南宋诗人陆游在诗里说，"一杯放手已醺然"、"身健不妨随处醉"，今天难得有这样的饮者了。

李白说，古来圣贤皆寂寞，惟有饮者留其名，真的吗？

本文以翔实的材料，记叙了"我"在鲁迅家乡咸亨酒店的所见所感。叙述清楚，情节动人，读醚给人一种亲近之感。尤其是关于"绍酒"名称来历的介绍，更是既有知识又充满着无穷的趣味性。

绝版的周庄

◎余　杰

周庄睡在水上。水便是周庄的床。床很柔软，有时轻微地晃荡两下，那是周庄变换了一下姿势。

你可以说不算太美，你是以自然朴实动人的。粗布的灰色上衣，白色的裙裾，缀以些许红色白色的小花及绿色的柳枝。清凌的流水柔成你的肌肤，双桥的钥匙恰到好处地挂在腰间，最紧要的还在于眼睛的窗子，仲春时节半开半闭，掩不住招人的妩媚。仍是明代的晨阳吧，斜斜地照在你的肩头，将你半晦半明地写意出来。

我真的不知道，你在那里等我，等我好久好久。我今天才来，我来晚了，以致使你这样沧桑。而你依然很美，周身透着迷人的韵致。真的。你还是那样纯秀、古典。只是不再含羞，大方地看着每一位来人。周庄，我呼唤着你的名字，呼唤好久了，却不知你在这里。周庄，我叫着你的名字，你比我想像得还要动人。我真想揽你人怀。只是扑向你的人太多太多，你有些猝不及防，你本来已习惯的清静与孤寂被打破了。我看得出来，你已经有些厌倦与无奈。周庄，我来晚了。

有人说，周庄是以苏州的毁灭为代价的。眼前即刻闪现出古苏州的模样。是的，苏州脱掉了罗衫长褂，苏州现代得多了。尽管手里还拿着丝绣的团扇，已远不是躲在深闺的旧模样。这样，周庄这位江南的古典秀女便名播四海了。然而，霓虹闪烁的舞厅和酒楼正在周庄四周崛起，周庄的操守能持久吗？

参加“富贵茶庄”奠基仪式。颇负盛名的富贵企业和颇负盛名的周庄联姻。而周主的代表人物沈万三也名富，真是巧合。代表富贵茶庄讲话的，是一位长发飘逸的女郎，周庄的首席则是位短发女子，又是巧合。富贵、茶、周庄、女子，几个字词在潆潆春雨中格外亮丽。回头望去，白蚬湖正闪着粼粼波光。

想来了中国台湾作家三毛，三毛爱浪游，三毛的足迹遍布全世界，三毛的长发沾得什么风都有。三毛一来到周庄就哭了，三毛搂着周庄像搂着久别的祖母。三毛心里其实很孤独。三毛没日没夜地跟周庄唠叨，吃着周庄做的小吃。三毛说，我还会来的，我一定会来的。三毛是哭着离去的，三毛离去时最后亲了亲黄黄的油菜花，那是周庄递给她的黄手帕。周庄的遗憾在于没让三毛久久留下，三毛一离开周庄便陷入了更大的孤独，终于把自己交给了一双袜子。三毛临死时还念叨了一声周庄，周庄知道，周庄总这么说。

入夜，乘一只小船，让桨轻轻划拨。时间刚过九点，周庄就早早睡了，是竺没有电的明清时代养成的习惯？没有喧闹的声音，没有电视的声音，没有狗吠的声音。

周庄睡在水上。水便是周庄的床。床很柔软，有时轻微地晃荡两下，那是周庄变换了一下姿势。周庄睡得很沉实。一只只船儿，是周庄摆放的鞋子。鞋子多半旧了，沾满了岁月的征尘。我为周庄守夜，守夜的还有桥头一株灿然的樱花。这花原本不是周庄的，如同我。我知道，打着鼾息的周庄，民族味儿很浓。

忽就闻到了一股股沁心润肺的芳香。幽幽长长的经过斜风细雨的过虑，纯净而湿润。这是油菜花。早上来时，一片一片的黄花浓浓地包裹了古老的周庄。远远望去，色彩的反差那船强烈。现在这种香气正氤氲着周庄的梦境，那梦必也是有颜色的。

坐在桥上，我就这么定定地看着周庄，从一块石板、一株小树、一只灯笼，到一幢老屋、一道流水。这么看着的时候，就慢慢沉人进去，感到时间的走动。感到水巷深处，哪家屋门开启，走出一位苍髯老者或纤秀女子，那是沈万三还是迷楼的阿金姑娘？周庄的夜，太容易让人生出幻觉。

著名的画家陈逸飞先生的《双桥》主浊以周庄为背景的，周庄的美名闻天下，周庄的美也需大家来善待。

郁达夫的遗骨

◎莫　言

我觉得我们应该痛恨的是侵略战争和发动战争的人，以及至今还不承认有过这样一场侵略战争的人。寻找遗骨就是寻找遗骨，与日本的善良百姓无关。

郁达夫先生最为人知的作品当属他的小说《沉沦》和《迟桂花》，因为这两部作品总是被各种选本选中。很多人都说他的旧体诗写得好，包括郭沫若，包括李敖。但我知道的只有“曾因酒醉鞭名马，更怕情多累美人”，这差不多成了经典的诗句。

从上述的作品看，达夫先生是个有几分颓废、有几分伤感、有几分肉欲，甚至还有几分堕落的人。他在当时敢冒天下之大不韪，把自家精神的痛苦、性的苦闷都暴露出来，这需要非凡的勇气和敢于向整个社会挑战的力量。文章一发，自然在文坛乃至社会上引起了强烈的震动，连许多号称新潮的作家都对他侧目而视。当然，他的那些以暴露闻名的小说放在今天来看实在是太温柔了，他也不过是含含糊糊地写了男子的自渎，今天的小说可是把生活中有的和生活中未有的有关性的事情都操练了，社会乃至文学的进步于此可见一斑。达夫先生因为写了那样的小说，在当时是被正人君子们骂为“堕落分子”的，当然用今天的眼光看他不但不堕落，而且还十分健康进步。

其实，达夫先生不仅仅能写那种青春小说和艳情诗，他还能写华美流利、气韵生动的散文，他通晓日、德、英文，当然也能翻译外国小说。他在追悼鲁迅的文章里这样写道：“没有伟大的人物出现的民族，是世界上最可怜的生物之群；有了伟大的人物，而不知拥护、爱戴、崇仰的国家，是没有希望的奴隶之邦。”他在怀念徐志摩的文章中写道：“文人之中，有两种人最可以羡慕。一种是像高尔基一样，活到六七十岁，而能写许多有声有色回忆文的老寿星，其他的一种是如叶赛宁一样的光芒还没有吐尽的天才夭折者。前者可以写许多文学史上所不载的文坛起伏的经历，他个人就是一部纵的文学史。后者则可以要求每个同时代的人都写一篇吊他哀他或评他骂他的文字，而成为一部横的放大的文苑传。”多么睿智，多么深刻，都可以成为警句流传，哪里去寻找一丝颓唐、堕落的气息？

回顾二三十年代的文坛，几乎可以说是浙江人的天下，周氏兄弟、徐志摩、茅盾、郁达夫、李叔同、丰子恺……现代文学史上最革命的作家、最反动的作家、最颓废的作家、最超脱的作家、最风流的作家、最浪漫的作家，当然也有最无耻的作家，都是浙江人。而且他们几乎都是留日的，即使没在日本留过学，也是在日本待过的。在日本大举侵略中国之前，他们对日本都是很有感情的。鲁迅有他的藤野严九郎，周作人有他的羽田信子，连徐志摩这个留西洋的，在日本过了一趟，也留下了“最是一低头的温柔，好似一朵睡莲花不胜凉风的娇羞……”这样的多情诗篇。无法知道郁达夫在日本有没有好友，但我相信在日本发动侵华战争之前，他在日本喝着清酒的时候，未必就对日本人乃至日本民族没有好感。但他最终还是被日本宪兵用手扼住喉咙窒息而死。

其实早在鲁迅、郁达夫等人留学日本之前，日本就是中国旧民主主义革命的干部训练基地。孙中山他们那一拨就不用说了，更早的还有康有为和梁启超，也都是看事不好，拔腿就跑。往哪里跑，往日本跑。后来的徐锡麟、秋瑾、邹容、陈天华、黄兴……这些打黑枪的、扔炸弹的、剪辫子的、跳大海的，总之几乎所有跟大清朝做对头的，都是在日本洗了脑筋受了训练。包括后来的蒋介石、汪精卫等人，也都在日本学到了各自需要的东西，回到中国后成了历史舞台上的风云人物。再后来的郭沫若、茅盾等，也是一遭通缉或是一有失意就东渡扶桑，而且总是能在那边弄出点浪漫故事来。那么，起码是在这些时候，日本人里还有许多好人的，日本这个国家还是有许多可爱的地方。但很快，日本人就打到中国来了。我相信，日本侵略中国，日本军队在中国的烧杀奸淫，会让上述那些在日本留过学或是居住过的中国人心中百感交集，包括郁达夫。

近年来，我结识了不少日本朋友，去年也曾经去日本住了几十天。面对着彬彬有礼的日本男人，面对着“最是那一低头的温柔”的日本女人，我总觉得那些在中国无恶不作的日本鬼子不是从这个岛国上出去的。但事实上，他们就是我们今天见到的那些彬彬有礼的日本男人和温柔的日本女人的父辈，或许那个在大街上踽踽独行的面孔慈祥的老人就是当年的一个军曹。怎么会是这样呢？想来想去，我的结论是，当年那批鬼子，是战争这个特殊环境的产物。特殊的环境需要特殊的人物也造就出特殊的人物，特殊的环境能把人变成野兽，在一个吃人的环境里，如果你不参与吃人的活动，很可能就要被人吃掉。这不是民族的问题，更不是人种的问题。这是政治家的问题，不是老百姓的问题。士兵在成为士兵之前，都是善良的老百姓。就是这样的在战争的环境中丧失了人性的成为了宪兵的日本老百姓，用手扼住了郁达夫的咽喉，使他窒息而死。

现在，达夫先生的子女们回忆父亲惨遭杀害的情景，表达了对日本侵略者的深仇大恨，这是正义的高贵的感情；达夫先生故里的中学生通过千龙网发起了一个在全球范围内寻找达夫先生遗骨的运动，这毫无疑义是一个充满了爱国主义教育色彩的运动，同时也是一个表达对家乡伟人景仰之情的、充满了乡土自豪感的爱乡教育运动。但窃以为不能借这件事煽动一种褊狭的民族主义情绪，似乎过去的、现在的、所有的日本人没有一个好东西，这样就丧失了这件事情的意义，甚至会走向事物的反向。我承认日本人里有坏人，但我并不认为日本人里边的坏人就比中国人里边的坏人多。诚然，他们的宪兵扼死了我们的作家郁达夫；我觉得我们应该痛恨的是侵略战争和发动战争的人，以及至今还不承认有过这样一场侵略战争的人。寻找遗骨就是寻找遗骨，与日本的善良百姓无关。

我们应该痛恨的是侵略战争和发动战争的人，与日本的善良百姓无关。

追悼志摩

◎胡　适

悄悄的我走了，

正如我悄悄的来；

我挥一挥衣袖，

不带走一片云彩。

《再别康桥》

志摩这一回真走了！可不是悄悄的走。在淋漓的大雨里，在那迷濛的大雾里，一个猛烈的大震动，三百匹马力的飞机碰在一座终古不动的山上，我们的朋友额上受了一个致命的撞伤，大概立刻失去了知觉。半空中起了一团天火，像天上陨了一颗大星似的直掉下地去。我们的志摩和他的两个同伴就死在那烈焰里了！

我们初得着他的死信，都不肯相信，都不信志摩这样一个可爱的人会死得这么惨酷。但在那几天的精神大震撼稍稍过去之后，我们忍不住要想，那样的死法也许只有志摩最配。我们不相信志摩会“悄悄的走了”，也不忍想志摩会一个“平凡的死”，死在天空中，大雨淋着，大雾笼罩着，大火焚烧着，那撞不倒的山头在旁边冷眼瞧着，我们时代的新诗人，就是要自己挑一种死法，也挑不出更合式、更悲壮的了。

志摩走了，我们这个世界里被他带走了不少的云彩。他在我们这些朋友之中，真是一片最可爱的云彩，永远是温暖的颜色，永远是美的花样，永远是可爱。他常说：

我不知道风

是在哪一个方向吹——

我们也不知风是在哪一个方面吹，可是狂风过去之后，我们的天空变惨淡变寂寞了，我们才感觉我们的天上的一片最可爱的云彩被狂风卷走了，永远不回来了！

志摩这样一个可爱的人，真是一片春光，一团火焰，一腔热情。现在难道都光了？决不——决不——志摩最爱他自己的一首小诗，题目叫做《偶然》，在他的《卡昆冈》剧本里，在那个可爱的孩子阿明临死时，那个瞎子弹着三弦，唱着这首诗：

我是天空里的一片云，

偶尔投影在你的波心！

你不必讶异，

更无须欢喜！

在转瞬间消灭了踪影。

你我相逢在黑夜的海上，

你有你的，我有我的方向

你记得也好，

最好你忘掉，

在这交会时互放光亮！

朋友们，志摩走了，但他投的影子会永远留在我们心里，他放的光亮也会永远留在人间，他不曾白来了一世。我们有了他做朋友，也可以安慰自己说不曾白来了一世。我们忘不了他和我们在那交会时互放的光亮！

徐志摩的一生，最绚烂，备受争议，但他的每一次投入都引来无数的关注，就如他的死亡。

回忆鲁迅先生

◎萧　红

许先生说鸡鸣的时候，鲁迅先生还是坐着，街上的汽车嘟嘟地叫起来了，鲁迅先生还是坐着。

鲁迅先生的笑声是明朗的，是从心里的欢喜。若有人说了什么可笑的话，鲁迅先生笑得连烟卷都拿不住了，常常是笑得咳嗽起来。

鲁迅先生走路很轻捷，尤其使人记得清楚的，是他刚抓起帽子来往头上一扣，同时左腿就伸出去了，仿佛不顾一切地走去。

青年人写信，写得太草率，鲁迅先生是深恶痛绝之的。

“字不一定要写得好，但必须得使人一看了就认识，青年人现在都太忙了……他自己赶快胡乱写完了事，别人看了三遍五遍看不明白，这费了多少工夫，他不管。反正这费的工夫不是他的。这存心是不太好的。”

但他还是展读着每封由不同角落里投来的青年的信，眼睛不济时，便戴起眼镜来看，常常看到夜里很深的时光。

鲁迅先生吃的是清茶，其余不吃别的饮料。咖啡、可可、牛奶、汽水之类，家里都不预备。

鲁迅先生是陪客人到夜深，必同客人一道吃些点心，那饼干就是从铺子里买来的，装在饼干盒子里，到夜深许先生拿着碟子取出来，摆在鲁迅先生的书桌上，吃完了，许先生打开立柜再取一碟，还有向日葵子差不多每来客人必不可少。鲁迅先生一边抽着烟，一边剥着瓜子吃，吃完了一碟，鲁迅先生必请许先生再拿一碟来。

鲁迅先生备有两种纸烟，一种价钱贵的，一种便宜的，便宜的是绿听子的，我不认识那是什么牌子，只记得烟头上带着黄纸的嘴，每 50 支的价钱大概是 4 角到 5 角，是鲁迅先生自己平日用的。另一种是白听子的，是前门烟，用来招待客人的，白烟听放在鲁迅先生书桌的抽屉里。来客人鲁迅先生下楼，把它带到楼下去，客人走了，又带回楼上照样放在抽屉里。而绿听子的永远放在书桌上，是鲁迅先生随时吸着的。

鲁迅先生从下午两三点钟起就陪客人，陪到 5 点钟，陪到 6 点钟，客人若在家吃饭，吃过饭必要在一起喝茶，或者刚刚喝完茶走了，或者还没有就又来了客人，于是又陪下去，陪到

8 点钟，10 点钟，常常陪到 12 点钟。从下午两三点钟起，陪到夜里 12 点，这么长的时间，鲁迅先生都是坐在藤躺椅上不断吸着烟。

客人一走，已经是下半夜了，本来已经是睡觉的时候了，可是鲁迅先生正要开始工作。在工作之前，他稍稍阖一阖眼睛，燃起一支烟来，躺在床边上，这一支烟还没有吸完，许先生差不多就在床里边睡着了（许先生为什么睡得这样快？因为第二天早晨六七点钟就要来管理家务）。海婴这时也在三楼和保姆一道睡着了。

全楼都寂静下去，窗外也是一点声音没有了，鲁迅先生站起来，坐在书桌边，在那绿色的台灯下开始写文章了。

许先生说鸡鸣的时候，鲁迅先生还是坐着，街上的汽车嘟嘟的叫起来了，鲁迅先生还是坐着。

有时许先生醒了，看着玻璃窗白萨萨的了，灯光也不显得怎样亮了，鲁迅先生的背影不像夜里那样黑大。

鲁迅先生的背影是灰黑色的，仍旧坐在那里。

人家都起来了，鲁迅先生才睡下。海婴从三楼下来了，背着书包，保姆送他到学校去，经过鲁迅先生的门前，保姆总是吩咐他说：

“轻一点走，轻一点走。”

鲁迅先生刚一睡下，太阳就高起来了。太阳照着隔院子的人家，明亮亮的；照着鲁迅先生花园的夹竹桃，明亮亮的。

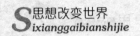

鲁迅先生的书桌整整齐齐的，写好的文章压在书下边，毛笔在烧瓷的小龟背上站着。

一双拖鞋停在床下，鲁迅先生在枕头上边睡着了。

先生的背影具有强烈的时代性，先生的背影又是我们久久追逐的方向。

书的征服(节选)

◎ 蒋子龙

书，是人类进步的阶梯，是净化人类灵魂的良药，是使人类文化得以传播的载体，是人类借以在思想海洋里纵情游弋的小舟。无论是闲暇时，还是忧郁时，一册在手，夫复何求！

假若这个世界上没有书，会是一种什么样子呢？

精神失去了阳光，思想无法传播，知识不能保存，语言失去意义，人们的生活残缺不全，生命将变得无法忍受……

书有说不尽的好处。正因为如此，书才有强大的征服性和侵略性。我怕搬家就是怕搬书，所谓搬家主要就是搬书。每次搬家在家人和帮忙者的一再怂恿下都不得不扔掉一些书。逢年过节，把屋子收拾利索，长了能维持几个月，短了不消几天，屋子里又乱了，主要是书在捣乱，到处是书堆。外出总忍不住要逛书店，逛书店就不可能不买书。新书、准备要看的书、看完一半的书、写作正用得着的书、有保存价值的书，占据了我的房子的绝大部分空间，而且还不断扩展，每时每刻都在蚕食供我存身的那块空间。这不是侵略是什么？我舒舒服服、自得其乐地接受这种侵略和征服。

书不仅征服时间和空间，更征服人的大脑。但是，倘若一个人只是被书征服，而没有征服书，充其量也只能算个书虫子。正如培根所说，把自己的大脑当成草地，任别人的思想如马蹄一般践踏。那样的话，再好的书也将失去其魅力和价值。

会读书的人都懂得征服书。

学生们有这样的体会：一册很厚的新书，会愈渎愈薄，到期末考试的时候就剩下那么几道题了。这叫吃透了，掌握了，征服了知识。

读其他的书也一样。即便先被书征服了，最后还是要反过来把书征服。

书能够给人提供多种选择：生命的选择，思想的选择，生活的选择。书里有各种各样的人生，使我们生活在自己选择的时代里。在自己的生命之外，还可以再补充别的自己昕需要的人生，可以拥有多种人生经历。每看一本书就是进入那个作家的头脑之中，了解他的思想、感情、经验和智慧。读书需要选择。如果不善选择，一生什么事都不干，光读别人的书也读不完。那又有什么意义呢？读，失去了意义；书，也失去了存在的价值。

我的办法是，翻遍所有能接触到的书，因为不亲自翻一翻就不知好坏，难以取舍；然后把那些没有什么价值的书扔掉——这种价值的评定是没有什么统一的标准的，可根据自己的需要视具体情况而定。一本书就像一根绳子，只有当它跟系着或捆着的东西发生关系时，它才有意义。同是一本书，对有的人毫无价值，对另外一个人说不定就有点用处。

读书的功夫要下在需要认真阅读、仔细品味的一类书上。这类书能满足你的精神需要，激发你的才智，帮助你完善自己。你要征服的也是这样的书。多好的书也不是供香客朝拜的祀奉物。

还有一些是供你消遣、娱乐的书，可在沉闷无聊的旅途上，在紧张疲劳之后，在工作之余，以及在睡不着觉的时候去读，而不必用正规的时间。我现在真感到时间宝贵，消费不起，好像一天不再有 24 小时，只剩下 20 小时或 18 小时，其余的时间被电视和其他一些不用动脑子的活动占去了。我的窗台上和写字台周围书刊堆得过高了，就反省自己是不是读书的时间减少了，于是拼上几个晚上，把功课补齐。

当然，还有一部大书，每个人都需要终生不懈地精读粗读苦读喜读，它就是生活这部活书。读它不能代替读印刷的书；同样，读印刷的书也不能代替读它。

一个人不仅要读书，还要征服书，懂得书，做书的主宰者。

好书的力量

（苏联）奥斯特洛夫斯基

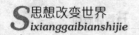

当团长普兹列夫斯基和政委一道悄悄地骑马走过来的时候，他看见11对动也不动的眼睛，正盯着那个念书的人。

篝火的火苗象破碎的红布条一样抖动着。大股的黄褐色烟柱不住地盘旋上升。蠓虫是不喜欢烟的，它们成群地飞来飞去。战士们稍稍离开火堆，列成扇形坐着，脸迎着火光，现出古铜颜色。

篝火旁边有几个饭盒放在蓝色炭灰里温着。盒里的水开始冒泡了。狡猾的火舌从燃烧着的木柴下面往上一蹿，舐了一下正低着头的人的蓬乱的头发，那人慌忙向后一躲，嘟哝着说：

“呸，真见鬼！”

周围的人都笑起来了。

一个穿着呢子制服、留着短胡子的中年人，冲着火光检查完了他的枪筒，就用他那粗嗓子说：

“这小伙子多用功呀，连火烧着了都不觉得。”

“柯察金，把你看过的给我们讲讲吧。”另一个人说。

那年轻的红军战士搔着烧焦了的头发，笑着说：

“呵，安得罗修克同志，这本书，真称得起是一本好书。我一拿到手，就怎样也舍不得放下。”

坐在保尔旁边的一个翘鼻子的青年正忙着修理背囊的皮带，他一面用牙咬着一条粗线，一面好奇地问：

“喂，书里说的什么呀？”说着，他把针插在军帽上，又把剩下的线缠在针上，然后补充说：“要是谈恋爱的，我倒想听听。”

周围的人都笑起来了。马特维丘克抬起他那剪平的头，眯着一只狡猾的眼睛，斜看着那个青年人，说：

“不错，谢列达，恋爱倒是好事。你又这么漂亮，简直跟油画里的美男子一样！你到了哪里，哪里的女孩子们就成群跟在你屁股后头。可惜的是，你还有个小小毛病，就是鼻子太翘了一点。不过，这个毛病也还有办法补救。只要把一颗 10 磅重的诺维茨基手榴弹挂在鼻子尖上，保险明天早上就会塌下去。”

突发的笑声把拴在机枪车上的马吓得直喷鼻子。

谢列达懒懒地转过身来：

“光漂亮有什么用，脑袋瓜才值钱。”他富于表情地拍着自己的前额说。

“比方，拿你说吧，你的舌头挺能挖苦人，但是你是一个地道的笨蛋，你的耳朵是冰凉的。”

班长塔塔里诺夫站起来，把两个准备厮打的同志隔开了。他说：

“得啦，得啦，同志们，为什么要吵架呢？要是这本书真有价值的话，还是让柯察金把它念给大伙听听吧。”

“好，保尔，你就快点念吧。”周围一齐这样喊着。

保尔把马鞍移近火堆，坐了上去，然后把那本厚厚的小开本的书打开，放在膝盖上。

“同志们，这本书叫作《牛虻》。是我从营政委那里借来的。这本书使我非常感动。要是你们静静地坐着听，我这就念。”

“快念吧！还说什么！谁也不会打搅你的。”

当团长普兹列夫斯基和政委一道悄悄地骑马走过来的时候，他看见11对动也不动的眼睛，正盯着那个念书的人。

普兹列夫斯基回过头来，指着那一群战士，对政委说：

“我们团的侦察兵，一半就在那儿。其中有4个，都还是非常年轻的共青团员，可是每一个都不愧是优秀的战士。你瞧，那一个念书的叫柯察金，还有那边的一个，看见了吗？那一个眼睛像小狼的叫扎尔基。他们两个是好朋友。可是，他们暗地里却在互相较量。柯察金一向是我顶好的侦察兵。现在他可遇到了一个势均力敌的对手了。你瞧，他们在悄悄地进行政治工作，但是影响非常大。有人给他们起了个非常好的称号——‘青年近卫军’。”

“那个念书的是不是侦察队的政治指导员？”政委问。

“不，政治指导员是克拉麦尔。”

普兹列夫斯基催马走到跟前。

“同志们，你们好厂他大声喊着。

所有的人都转过头来。团长敏捷地跳下马，走到围坐的战士们跟前。

“烤火吗，朋友们？”他笑着问。他那刚毅的面孔和有点像蒙古人的细长的眼睛不再有严厉的神情。

大家把团长当做朋友、当做一个好同志来热烈欢迎他。政委还骑在马上，因为他还要赶路。

普兹列夫斯基把带套的毛瑟枪推到背后，蹲在保尔坐的马鞍旁边，向大家提议说：“大家都抽口烟好不好？我弄到了一些上等烟叶。”

他抽起一支自己卷的烟卷儿，转脸对政委说：

“你先走吧，多洛宁，我留在这儿。如果司令部要找我的话，请通知我。”

多洛宁走了，普兹列夫斯基就对保尔说：

“继续念下去吧，我也要听一会儿。”

保尔读完了最后几页，把书放在膝盖上，深思地盯着火焰。

好几分钟大家都没有说一句话。所有的人都被牛虻的死感动了。

只有漂亮和青春是不够的，知识和书才是最美丽的衣裳，它让你由内到外都散出芬芳。

读什么

◎张中行

文章不只可以分好坏，甚至可以分等级，即使这类评定不是绝对可靠的所谓不是绝对可靠，意思也只是未必百分之百正确，未必人人同意。

上面两节都谈到应该多读，这就必然引来一个新问题，读什么。问题像是不复杂，却相当难答，因为，如果话说得过于概括，比如“开卷有益”，什么都可以读，意思自然也不错，可是不能实用；如果转到另一极端，说得过于具体，困难就会更多，一是一部二十四史，无从说起，说则挂一漏万，二是指名道姓，好坏深浅都难得处处恰当，三是难免提到仍健在之人，厚此薄彼，可能惹来不愉快。概括一条路不通，具体一条路也不通，这篇命题作文还不得不作，怎么办？只好走中庸一条路，从“性质”方面下手，也就是分析一下与“所读”有关的一些情况，备选择读物时参考。

还得先从概括方面说起。记得不只一次，同学习语文、渴望写好了的年轻人谈读什么的问题，我总愿意一言以蔽之，说“要读好的”。这像是一句近于滥调的模棱话，却不得不说，因为取法乎上，仅得乎中，如果取法乎下，所得自然只能是下下了。传说王羲之学书法，起初以卫夫人为师，总是不能满足，及至北上，看到汉魏名家碑版，才卓然成家。其实卫夫人也是“上”手，王羲之不满足，是因为还有“上上”。学作文是一理，说极端一些，如果你诵读的文章就不通，或者百孔千疮，就算你学像了，也不过是不通或百孔千疮。要好，必须取法乎上，最好是上上。过去的古文家，如明朝归有光，一生用力于《史记》，这是取法乎上上，所以造诣能够超过一般人。多年以来，我看到一篇文稿，是个不相识的人写的，文笔有刚劲老辣之气，及至见面，才知道是个二十多岁的人，问他学写作的经历，他说：“因为喜欢鲁迅的文章，所以把他的所有作品读了几遍。”这也是取法乎上上。当然，我并不主张只读《史记》和鲁迅作品而不问其他，这里只是举例说明，读好文章是写好了的必要条件，甚至是充足条件。

到此，热心的读者一定要追问，怎么算好呢？这又是个一言难尽的问题。杜甫说“文章千古事，得失寸心知。”这有不很相信世人评论的意味。但是不管作者同意不同意，既然给世人看，世人总是要评论的；而评论则常常是仁者见仁，智者见智。如同是陶诗，写《诗品》的钟嵘不大看得起，到唐宋就成为高不可及；同是评词，王国维《人间词话》特别推崇五代和北宋，这看法，清代的浙派词人当然不同意。这是人心之不同，各如其面。还有同一个人而异时心不同的，最鲜明的事例是《儒林外史》写范进中举的八股文，考官周学道初看不成话，再看有些意思，三看就成为天地间之至文，一字一珠了。

这样说，文章就不能分别高下了吗？自然不是。上面说仁者见仁、智者见智是容许小异，这里我们应该重视的是小异之上还有大同。这不同是，文章不只可以分好坏，甚至可以分等级，即使这类评定不是绝对可靠的；所谓不是绝对可靠，意思也只是未必百分之百正确，未必人人同意。这大同之存在是很容易看到的，最有力的例证是历史记载，尤其是文学史，比如古代的庄、列、史、汉，唐代的李、杜、韩、柳，宋代的欧、曾、三苏，无论就作品说还是就作家说，几乎都承认是大手笔。这样评定，标准是前面曾经谈到的，一方面是内容好，深刻，妥善，清新，能使人长见识，向上；一方面是表达好，确切，简练，生动，能使人清楚了解，并享受语言美，这里不再详说。所谓读好的，就是读内容和表达两方面都可资取法的作品。

接着一个问题是怎样把选定的原则运用于实际。我们作文是用现代语写，读当然主要也是现代作品，而这些，绝大部分还没有写入文学史，怎么办？办法是：当然是自己能辨别最好，因为最方便，而且常常最可信赖。可惜这办法初学不大能用，那就求助于流行的评论。这常常见于各种形式的文字，杂志报纸上的介绍，书的引言，收入选本（包括课本），甚至出版社的广告，等等；还流传于许多人的口头。这集中到一起，去小异存大同，就可以当做未写入文学史的文学史看。还有更省力的办法，向知者求教。知者很多，文学评论家，语文专家，作家，语文老师，以及老一辈的读书人，都是知者，自己不知，可以问他们，有所知而不敢自信，也可以同他们谈谈，求得印证。自然，无论内求诸己还是外求诸人，评价都可能不妥，甚至把鱼目看成珍珠，但这也无大碍，因为自己的眼光可以在大致不错中逐渐滋长，小的坎坷是不会阻碍前进的。这样看、问、读结合，起初是摸索，渐斩就会由此及彼，豁然开朗。

选读物，能够分辨好坏之后，还有确定类别的问题，就是要读或多读哪类作品，少读甚至不读哪类作品。这当然是就初学说；如果学已有成，甚至如许多大家，笔下已经有自己的风格，那就可以出淤泥而不染，读什么也不妨害。初学就不行，读什么就会无意中模仿什么，如果所读不高明，其结果就不能取法乎上；又，作品种类繁多，有的容易移用于作文，如散文，有的不容易移用于作文，如新诗，选择读物不当就会事倍功半。选定的原则，如果是学生，当然要先读语文课本上的作品以及规定的课外读物。这不够，或者已不在校，为学作文而想多读，选读物的时候要考虑以下一些情况。

文体要是常用的，或说容易移用于作文的。举例说，广义的散文（包括以记事为主和以说理为主的）比诗歌、小说好。诗歌的语言有自己的特点，比如有时小可以故意晦涩，两句之间常常断而不贯，这如果学了来，对作文就弊多利少。小说对话多，描写多，有些年轻人读小说多而读其他文体少，作文拿起笔就想描写人物、景色，至于记眼前琐事，说理，即使很浅易的也不知如何下笔，这就是未得其助而反受其扰。我的经验，在这方面，有时候也难免要捏捏头皮。比如读鲁迅作品，不少年轻人会感到，小说比杂文有趣味，容易读，可是就学习作文说，我还是劝你把更多的力量用在杂文方面。

多读本国作品好；读翻译作品，最好选文字格调接近汉语的。理由很简单，我们作文，语句要是中国味，不是外国味。

不要只图好玩、省力。这方面，我想举个极端的例。大家都知道，有不少青少年，还有些中年人，热心读书，甚至在车上也手不释卷，而看的却总是小人书。看小人书当然不是坏事，不过，如果你看的总是这类读物而不及其他，想作文有进益就很难，因为小人书的文字是解说图画，断断续续，而看的人又常常是一目十行，略会其意而等于没有读。想学作文就不得不舍易就难，下苦功，多念些讲道理的作品。这类作品，初学会感到难读，没兴趣，但它可以使读者增长知识，锻炼思路，学习说理手法，这正是好的作文时时要用到的。还有，常读这类作品，有所得，会产生更深厚的兴趣，这是学而有成的最有力的保证。

刚才说到讲道理作品的难读，这里还要泛泛说说“难”。选定读物，有时候宜于故意找一两种超过自己能力的，用陶渊明“不求甚解”的办法读。记得小时候看《聊斋志异》，许多词句搞不清楚，总的情节却又象是知其大略，就这样，过些时候再看，疑问就少多了。这是不求甚解的提高，情况是，难几次，难的会化为易，易的自然就更易了。有不少青年人不了解这种道理，比如也相信鲁迅作品很好，应该努力学习，可是不敢读杂文，说是不懂。这种避难就易的态度是错的，应该反过来，因为难，偏偏要读。敢碰难，使难化为易，学业（包括作文）才能够大幅度提高。

读一些文体易于实践的书，读本国的好作品，同时，也不应避难就易。

读书三部曲

◘ 胡维革

有人为了消遣，有人为了修身，有人为了求知，有人为了成才。对于欲成才者来说，读书的目的一定要指向世界一流的科学高峰。

自从文明开化之日起，人类就开始了读书活动。历史发展到今天，读书已经成了人们生活甚至生命的一个重要组成部分。但为何而读书，读什么样的书，怎样读书，读了书做什么等等，却是一串古老而又常新的课题。古往今来，论者百喙，众说不一。依我之见，读书大致应为三部曲。

第一部曲——选读一流人才的一流作品

目前，古今中外的图书浩如烟海，一个人的生命有限，即使“皓首”也难“穷经”。因此读书首先要有选择，要有目的。

换言之，就是要根据你的兴趣和需要，选读一流人才的一流作品。有人说：读一流人才的作品，才能成为二流人才；读二流人才的作品，只能成为三流人才；读三流人才的作品，就难以成才。这话虽然有些偏颇，但对初学者却不无启迪。为此，你若喜欢小说或想成为一名小说家，你就应研读古今中外的著名小说，如外国巴尔扎克、高尔基、托尔斯泰、普希金的作品，中国古典文学中的《红楼梦》、《三国演义》、《水浒传》、《西游记》，以及现代作家鲁迅、茅盾、郭沫若、巴金、老舍、冰心、王蒙的作品。你若喜欢诗歌或想成为一名诗人，你就应研读古今中外的著名诗篇，如外国歌德、拜伦、雪莱、马雅可夫斯基的作品，中国古代的《诗经》、《离骚》、唐诗、宋词、元曲，以及现代诗人郭沫若、艾青、贺敬之、郭小川的作品。这些作品富有哲理，充满诗意，启发智慧，牵动感情。研读这些作品，会使你站在巨人的肩头，去迎接新的一轮日出。相反，如果你以大量时间和主要精力，阅读那些难登大雅之堂的地摊图书、快餐图书和泡沫图书，则会使你文化枯萎、人格低俗、才情泯灭。这正像歌德和菲尔丁所比喻的那样："读一本好书，就是和许多高尚的人谈话"，而"不好的书也像不好的朋友一样，可能会把你杀害。"

第二部曲——借鉴一流人才的读书方法

科学的读书方法是达到读书彼岸的桥梁。无论古今中外，大凡学有所成者，都有一套得心应手的方法。清代著名学者王国维在《人间词话》中，引用晏殊、柳永和辛弃疾的三句词，概括了他读书的三境界：第一是“昨夜西风凋碧树。独上高楼，望断天涯路。”——上下求索；第二是“衣带渐宽终不悔，为伊消得人憔悴。”——刻苦攻读；第三是“众里寻他千百度。蓦然回首，那人却在，灯火阑珊处。”——发现真知。在当代学者中，北京大学张岱年教授的方法是“三真”：真情实感，真积力久，真知灼见；山东大学牟世金教授的方法是“三为”：以书为友，以书为敌，以书为师；山东师范大学安作璋教授的方法是“三通”：纵向之通，横向之通，逐类贯通。这些方法是攀登的足迹，求索的记录，汗水的结晶，成功的途径，对我们有着重要的启迪作用。借鉴这些方法，我觉得，就是要有“三心”。一是恒心。“苟有恒，何必三更起五更眠；最无益，莫过一日曝十日寒”。在求知问学的征途上，困难与挫折，弯路与失败，总是难免的。但只要我们拿出耐心，锲而不舍，就一定能够绳锯木断，水滴石穿。二是专心。“飞瀑之下必有深潭”。飞瀑的可贵之处，就在于它把力量集中到一点。在读书生活中，只要我们专心致志，心不它骛，耳不旁闻，专它十年八年，必能闯出一条五彩缤纷的路。三是留心。面对知识的海洋，且不可马马虎虎，不求甚解：而要有心留心，做到勤读勤学勤记，多疑多思多问，弄懂弄通弄精，集腋成裘，必成饱学。

第三部曲——攀登世界一流的科学高峰

当然，人们读书的目的不尽相同。有人为了消遣，有人为了修身，有人为了求知，有人为了成才。对于欲成才者来说，读书的目的一定要指向世界一流的科学高峰。鹄的高悬，实质是一种襟怀、一种雄心、一种胆量。我国著名教育家陶行知曾说："敢探未发明的新理，即是创造精神；敢人未开化的边疆，即是开辟精神。创造时，目光要深；开辟时，目光要远。总起来说，创造开辟都要有胆量。"为此，如果你是一名运动员，就一定要向奥林匹克的金牌冲刺；如果你是一名科学家，就一定要向诺贝尔的奖台进军；如果你是一名发明家，就一定要向吉尼斯的记录挺进。只有这样，一方面，你才能不断否定自已、超越自已、实现新的自已；另一方面，攀登、拼搏、努力、奋斗，其本身就是一种目的、一种价值、一种享受，胜亦荣，败亦荣，欢乐和幸福尽在其中。相反，那些沾沾自喜、固步自封、背着手迈方步、只想当"东北虎"和"炕头王"的人，是永远也没有出息的。

古往今来，大凡学者、文人都会著书立文告诉青少年怎样读书，本文即是其中一篇。"要站在巨的肩膀上"读书，方能读出大境界。

读书苦乐

杨　绛

反正话不投机或言不入耳，不妨抽身退场，甚至砰一下推上大门——就是说，啪地合上书面——谁也不会嗔怪。这是书以外世界里难得的自由！

读书钻研学问，当然得下苦功夫。为应考试、为写论文、为求学位，大概都得苦读。陶渊明好读书，如果他生于当今之世，要去考大学，或考研究院，或考什么“托福儿”，难免会有些困难吧？我只愁他政治经济学不能及格呢，这还不是因为他“不求甚解”。

我曾挨过几下“棍子”，议我读书“追求精神享受”。我当时只好低头认罪。我也承认自己确实不是苦读。不过，“乐在其中”并不等于追求享受。这话可为知者言，不足为外人道也。

我觉得读书好比串门儿——“隐身”的串门儿。要参见钦佩的老师或拜谒有名的学者，不必事前打招呼求见，也不怕搅扰主人，翻开书就闯进大门，翻过几页就升堂入室；而且可以经常去，时刻去，如果不得要领，还可以不辞而别，或者另找高明，和他对质：不问我们要拜见的主人住在国内国外，不问他属于现代古代，不问他什么专业，不问他讲正经大道理或聊天说笑，都可以挨近前去听个足够。我们可以恭恭敬敬旁听孔门弟子追述夫子遗言，也不妨淘气地笑问“言必称‘亦曰仁义而已矣’的孟夫子”，他如果生在我们同一个时代，会不会是一位马列主义老先生呀？我们可以在苏格拉底临刑前守在他身边，听他和一位朋友谈话；也可以对听多葛派伊匹克悌忒斯（Epictetus）的《金玉良言》思考怀疑。我们可以倾听前朝列代的遗闻逸事，也可以领教当代最奥妙的创新理论或有意惊人的故作高仑。反正话不投机或言不入耳，不妨抽身退场，甚至砰一下推上大门——就是兑，啪地合上书面——谁也不会嗔怪。这是书以外世界里难得的自由！

壶公悬挂的一把壶里，别有天地明。每一本书——不论小说、戏剧、传记、日记，以至散文诗词，都别有天也别有日月星辰，而且还有生存其间的人物。我们很不必巴巴地赶赴某地，花钱买门票去看些仿造赝品或“栩栩如生”的替身，只要翻开一页书，走人真境，遇见真人，就可以亲亲切切地观赏一番。

说什么“欲穷千里目，更上一层楼”！我们连脚底下地球的那一面都看得见，而且顷刻可到。尽管古人把书说成“浩如烟海”，书的世界却真正的“天涯若比邻”，这话绝不是唯心的比拟。世界再大也没有阻隔。佛说“三千大千世界”，可算大极了。书的境地呢，“现在输送”还加上“过去界”，也带上“未来界”，实在是包罗万象，罗通三界。而我们却可以足不出户，在这里随意阅历，随时拜师求教。谁说读书人目光短浅，不通人情，不关心世事呢！这里可得到很丰富的经历，可认识各时各地多种多样的人。经常在书里“串门儿”，至少也可以脱去几分愚昧，多长几个心眼儿吧？我们看到道貌岸然、满口豪言壮语的大人先生，不必气馁胆怯，因为他们本人家里尽管没开放门户，没让人闯入，他们的亲友家我们总到过，自会认识他们虚架子后面的真嘴脸。

可惜我们“串门儿”时“隐”而犹存的“身”，毕竟只是凡胎俗骨。我们没有如来佛的慧眼，把人世间把几千年积累的智慧一览无余，只好时刻记住庄子“生也有涯而知也无涯”的名言。我们只是朝生暮死的虫豸（还不是孙大圣毫毛变成的虫儿），钻入书中世界，这边爬爬，那边停停，有时遇到心仪的人，听到惬意的话，或者对心上悬挂的问题偶有所得，就好比开了心窍，乐以忘言。这个“乐”和“追求享受”该不是一回事吧？

读书宛如串门，既可借鉴他人的智慧，也可以认识世相的嘴脸。

独立之精神 自由之思想

◎ 陈寅恪

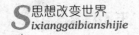

陈寅恪在讲授历史研究的心得时常说："最重要的就是要根据史籍或其他资料以证明史实，认识史实，对该史实有新的理解，或新的看法，这就是史学与史识的表现。"

陈寅恪和王国维一起并称为中国史学界的"双子座"，除了读书渊博的原因之外，其读书治学的经验和方法也起到了很大的作用。概括起来，主要有三点：

主张看原书，要有独立思考的精神和自由的思想。近世以来，随着中西文化的交汇和撞击，学术界基本上有两大派别，一派以传统方法为主，为"旧派"，他们多引证材料；另一派以新潮方法为主，所谓以"科学方法整理国故"，多为留外学生，重理论。陈寅恪认为"旧派失之滞"，"其缺点是只有死材料而没有解释”；而“新派失之诬”，认为“新派虽有解释，然甚危险。……此种理论，不过是假设的理论”。因而，他觉得二者各有偏颇和缺陷，“而讲历史重在准确，不嫌琐细”，所以，他提倡读原书，要有自己的思想。这种学习方法和读书方法，几乎贯穿了他的一生。

读书时喜写批语。与许多前辈知识分子一样，陈寅恪读书也喜欢写批语，把自己的读书心得和体会随时写在书上，这成为他重要的读书方法之一。不过，他的评点和批注不是做以简单的三言两语，而是密密麻麻地写满书页的天头地脚，包括眉批、旁批、夹批等多种形式。

据说，他在读白居易和元稹等人的诗集时，也是密密麻麻地写满了许多批语。可见，他长期以来已养成了读书时写批语的习惯。久而久之，也便成了一种读书方法。

打通文、史，“以诗证史”。古人说：“文史不分家。”这话说起来容易，做起来却相当困难。因为文学类的书和历史类的书都浩如烟海，能把其中某一种类的书读遍弄通，便已不易；如把另一大类的书再读遍弄通，就更难了。所以，对于大多数的人来说，只能专攻一类，倘二者打通，为文史兼通者，自古以来便寥若晨星。陈寅恪却是其中灿烂的一颗。历来研读唐诗的人，多从艺术性上加以品味赞赏，很少有人从唐诗的角度去考察唐代的历史、风俗、政治和典章制度。而陈寅恪却从有“诗史”之称的杜甫的诗中获得启发，不但从新旧《唐书》

中去考察唐代历史，而且从《全唐诗》中挖掘和发现了大量的材料，来进一步考察唐代的社会和历史，为历史的研究打开了一个全新和广阔的天地，并纠正了历史文献中的一些错误记载。这种独特的读书角度和方法，给后人以极大启发，步其后尘者甚多。有人甚至把“以诗证史”视为陈寅恪一生治学的主要业绩。

思想的潮流是推动人类与世界进步的唯一原动力。

读之善　用为上

◎ 陶行知

“千教万教，教人求真；千学万学，学做真人”。

“捧着一颗心来，不带半根草去”。

作为一名卓越的教育家，陶行知对读书问题也很重视。他的读书方法和经验，大致可分为三点。

要选好书。陶行知是一位教育家，考虑问题往往从学生的角度出发，非常重视对于书的选择。他认为，世上的图书有两种，“一种是吃的书，一种是用的书”。所谓“吃的书”，主要是指文学等一类非应用型的书，而“用的书”，主要是指一些能指导读者动手操作的理工类图书。“中国是吃的书多，用的书少”，而在“吃的书”当中，也有好有坏，“有的好比是白米饭，有的好比是点心，有的好比是零食，有的好比是药，有的好比是鸦片”。在这种情况下，从教育的目的出发，陶行知认为要把书读好，首先得把书选好。他觉得一本书是好是坏，可以拿三种标准来加以衡量、判断：一是我们要看这本书有没有引导人产生新价值的力量，有没有引导人产生新益求新的价值的力量；二是我们要看这本书有没有引导人思想的力量，有没有引导人想了又想的力量；三是我们要看这本书有没有引导人动作的力量，有没有引导人完成一个动作又完成另一个动作的力量。

读书重在应用。陶行知在《陶行知全集》中特别强调读书和用书的关系，认为读了书要善于运用。他在《陶行知全集》中说：“我们应当明白，书只是一种工具，和锯子、锄头是一样的性质，都是给人用的。我们与其说‘读书’，不如说‘用书’。书里有真知识和伪知识，读一辈子，不能辨别它的真伪的话，可以用它一下，书的本来面目便显了出来，真的使用得出去，伪的使用不出去。一般学校里所注重的知识，只是闻知，几乎以闻知概括一切知识。新知几乎完全被挥于门外。新知也被忽略，最多是些从闻知里推想出来的罢了。”

“生活教育与教学做合一之总要求。我们要活的书，不要死的书，要真的书；不要假的书，要动的书，不要死的书；要用的书，不要读的书。总起来说，我们要以生活为中心的教学做指导，不要以文字为中心的教科书。”“书是一种工具，只可看，只可用，看也是为着用，为着解决问题，断不可以呆读。认清这一点，书是最好的东西，有好书，我们就受用无穷了。正是：用书如用刀，不书自须磨，呆磨不切菜，何以见婆婆。”

此外，陶行知认为不可尽信书，有不懂或怀疑处要多问、多钻研。孟子说：“尽信书，则不如无书。”陶行知很赞赏这句话，并认为“在书里没有上过大当的人，决不能说出这一句话来”。

思考可以构成一座桥，让我们通向新知识。

读书"四到"

◎胡 适

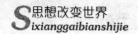

"大胆地假设，小心地求证；认真地做事，严肃地做人。"

胡适曾说，小时候读书，每个同学几乎都都有一书签，上写十字，"读书三到：眼到，口到，心到"。他在 1925 年仍认为这三种方法并不过时，依然有效，并认为"读书三到是不够的，须有四到"。所谓四到，即"眼到、口到、心到、手到"。

眼到。胡适所谓的眼到，用我们现在的话来说，就是要看。用他的话来说，就是"要个个字认得，不可随便放过"。他说："这句话起初看去似乎很容易，其实很不容易……书是文字做成的，不肯仔细认字，就不必读书。"并强调："眼到对于读书的关系很大，一时眼不到，贻害很大，而眼到则能形成好的习惯，养成不苟且的人格。"

口到。胡适所说的口到，用我们现在的话来说，就是要开口、要朗读、要多思。用他的话来说，则是有的要背，有的要读，有的要熟读。胡适在这方面的议论非常精彩而具体，他认为："口到是一句一句要念出来。前人说口到，是要念到烂熟背得出来。我们现在虽不提倡背书，但有几类的书，仍旧有熟读的必要，如心爱的诗歌，如精彩的文章，熟读多些，于自己的作品也有良好的影响。读此外的书，虽不须念熟，也要一句一句念出来，中国书如此，外国书更要如此。念书的功用能使我们格外明了每一句的构造，句中各部分的关系。往往一遍念不通，要念两遍以上，方才能明白的。读好的小说尚且要如此，何况读关于思想学问的书呢？"

心到。胡适解释说："心到是理解每章每句每字意义如何，何以如是这样，需用心考究。"用古代的话来说，要会思，学会思考；用现在的话来说，就是要用心，要开动脑筋，会想问题。胡适还说："心到并不是叫人枯坐冥想，而是要靠外在的设备及内在的思想的帮助。"这需要几个条件：一要有字典、辞典、参考书等工具书，尽量完备，即使一时办不到，也应当到图书馆去找；二要做文法上的分析，他认为，"要懂得文法构造，方才懂得它的意义"；三要有比较参考，必要时需融会贯通。胡适认为，只有做到以上三点，方能说明做到"心到"。

手到。这是胡适根据自己的体会添加进去的一个具体方法，用他的话来说，"手到就是要劳动劳动你的贵手。读书单靠眼到、口到、心到，还不够的，必须还得自己动动手，才有所得”。他还对“手到”的操作作了几点提示：标点分段，是要动手的；翻查字典及参考书，是要动手的；做读书札记，是要动手的。

胡适还就“手到”的问题提醒大家，“无论是看书来的，或是听讲来的，都只是模糊零碎，都算不得我们自己的东西。自己必须做一番手脚，或做提要，或做说明，或做讨论，自己重新组织过、申叙过，用自己的语言记述过，那种知识思想方才可算是你自己的了”。

读书是在别人思想的帮助下，建立自己的思想。

阅读打开未知世界的窗子

◎（苏联）高尔基

“书籍鼓舞了我的智慧和心灵，帮助我从泥沼里爬起来。如果没有书籍，那么，我恐怕一定会大量吞下愚蠢和庸俗，而沉溺在它们里面。书籍在我面前更加扩大了世界的范围，同时对我讲着：人生追求更美好的事物是多么伟大，多么光辉”。

由于高尔基自幼家境贫寒，无法受到良好的教育，全靠书籍引导他认识人生并走上人生的道路，因而他对书籍一直怀有深厚的感情，将书视为人生道路上的良师益友，对书籍产生了一种感激和赞美之情。“差不多任何一本书都告诉我许多我所不知道的和未曾见过的人物、感情、思想和关系等，好像在我眼前打开一扇通向未知世界的窗子”。

从阅读中区分书的好坏。通常人们所说的好与坏，也就是对青年人是否有帮助。高尔基因早年生活困顿，四处流浪，没有一个固定的图书馆供他选择，而是拿到什么书就读什么书，包括一般人眼中不宜读的书。他自己曾说：“我读过无数的坏书，但是这些书对于我也有益处的。我们应该好好地和正确地知道生活中不好的东西，正像知道好的东西一样。应该尽可能地知道更多一些。经验愈是多样化，那么经验也愈加能提高人，而一个人的眼界也就愈加广阔。”这与不少作家和学者都根据自己的经验和眼光来教人们读什么书、不读什么书，有很大的不同，可以说是高尔基读书上的一大特色。

以向他人学习的态度来读书。有些人读书眼高手低，有些人则爱挑毛病。而有些人出于个人的偏爱和私好，追求某一流派和类别，因而失之偏颇，难有客观的评论。高尔基对各种文学流派和思想学派都加以阅读和观察，并本着学习的态度，吸取对自己有用的东西。“我个人是毕生向别人学习，而且是继续学习的。我曾向莎士比亚、塞万提斯、阿佛古斯特·倍倍尔、俾斯麦、列夫·托尔斯泰、列宁、叔本华、密茨尼科夫、福楼拜、达尔文、斯汤达、黑格尔学习，我曾向马克思学习，也向《圣经》学习，我曾向无政府主义者克鲁泡特金、斯蒂涅、宗教的领袖们，民间文学、木匠、牧人、工厂工人和成千上万的人学习。”

读书体会要回到生活中检验。由于高尔基长期生活于社会底层，经历丰富，深知生活本身的重要性，因而他一边重视读书民，一边也重视生活，并主张对读过的书最好再回到生活中去检验，看看哪些是正确的和有用的，哪些是错误和无用的，这样对文学创作也是一种检点。“读过书之后，我自己感觉到头脑充实了起来，就像满满地充溢着生命之水的容器一样。于是，我就到值班卫兵或泥土工人那里去，绘声绘色地对他们讲各种各样的故事，在他们面前尝试着描写”。

对高尔基而言，没有知识是根本不能成为作家的。这里的知识包括书本和生活两部分，缺一不可。如果将书本上得来的知识和启发运用到生活中，就会得到更好的效果。

读书，这个我们习以为常的过程，实际上是人的心灵和上下古今一切民族的伟大智慧相结合的过程。

曾经的读书岁月

◎ 陈香梅

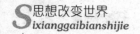

中国抗日战争八年，我从中学到大学，在香港，在抗战的大后方，生活都很苦，经济更困难，爱看书，但常常没钱买书，于是只好到书店浏览。但书店主人对于只来看书而又买不起的人并不太欢迎。

有时为了买一本书，我就只好节省午饭钱。我有一妙计，吃两片面包，两片面包当中洒些白糖，吃起来不致太素淡无趣，然后喝一杯开水，很奇怪，不知是何道理，开水比冷水有味道，尤其是吃白面包的时候。有一次，为了想买一套中译的俄国名著（那套书共有 4 册，厚厚的 4 册，价钱很贵），只好和另一位同学约好，两个人合买，于是两人一同节食，但她对于白面包、白糖和开水的午餐无法欣赏。只吃了一天就要中途撤退，我对她这样放弃当然不甘，于是答应她替她到图书馆去手抄李清照的词笺共 21 首，这她才同意继续“牺牲”到底。大后方的书本纸张之劣无法形容，印刷也极差，但我们每得一书就如获至宝。等到我的女儿在加州斯坦福大学读东方语文时，随时开个书单，今天要一套二十四史，明天要一套文选，后天又要一套诗品，顺手拈来，得之毫不费工夫，与我们当年做学生时的境况真是天壤之别，可是也许为此，他们也无法享受我们当年那种“采菊东篱下，悠然见南山”的乐趣。

在岭大的校园内，我们读文科的学生常爱到吴教授的宿舍内听他谈诗论词。而他的福州茶泡在小小的茶壶里，再倒入玲珑的小杯中也别有一番情趣。他从屈原说到杜甫、李白，从东方文学说到西方文学，兴致来时还要挥毫写一两首诗。有一次他还开我们女生的玩笑，他写了一副对联：“几生修到梅花福，添香伴读人如玉。”我说：“老师该罚。”他说：“该罚，该罚。”喝浓茶一杯。真是此情只待成追忆。

如今，男人的社交里，谈的不是球经就是股票，女人谈的是时装和牌经。能有情趣去论诗品茶或逛书店的人已不可多得。人，为什么常常要追寻那不可得的东西，这就是人生的矛盾。在纽约的泛美大楼的“云天阁”，我们正临窗外望那将逝的夕阳，我想喝一杯浓茶，一小杯浓茶，像吴教授泥壶中的茶，可是“云天阁”有最名贵的瓷壶，镶了金边的茶杯，但那茶叶，是放在纸包里的茶叶——最煞风景的品茶方式。零乱茶烟，何处追寻？

“小书”凝聚的大智慧

◎（美国）怀 特

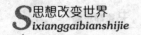

读一切深邃的书都应用自己的能力去理解，用自己的能力去评判。

一个人的精神竟能因为一本书——即使是灰尘扑扑的一本叙述条文的书而永垂不朽，是令人鼓舞的。威尔·斯特朗克喜爱明确、简练、泼辣的文笔，他的书就写得明确、简练、泼辣，而泼辣也许是他最突出的特征。他在第 21 页解释完一组对比例句后写道：“左边一例给人以举棋不定之感。作者似乎不能或是害怕选定一种表达方式，坚持使用。”他的规则之一是：“判断要确切。”这是地地道道的威尔。他瞧不起模模糊糊、人云亦云、缺乏色彩、没有主见的东西。他认为，没有主见比犯错误更糟糕。我记得，一天，他在教室里远远地探过身子，摆出他那典型的姿态——向别人透露机密的姿态，用深沉沙哑的嗓门说："如果你不知道某个字该怎么写的话，就把它大声读出来！如果你不知道某个字该怎么读的话，也把它大声读出来！"我当时就觉得这个似乎滑稽的说法很有道理，至今仍然为之折服。为什么要用含混来掩饰无知？为什么要遮遮掩掩？

在《文体要义》这本书里，有许多例子说明作者对读者的深刻的同情。威尔总像感到读者遇到了严重的困难，在泥淖里挣扎，因此用英语写作的人，都有责任排除泥淖，让读者的双脚踏到实地上来，至少也得扔给他一根绳。

这本"小书"已经多年没有使用了——而威尔也于 1948 年去世，去世前几年又已退休，没有再教书。现在的英语课使用的课本，篇幅大了，内容差了，这我敢相信。这些课本里就有不少芜杂的语句和信手拈来的动词。我希望它们能跟"小书"一样，把同样多的智慧凝聚在同样小的篇幅里，阐述得同样一针见血，解释得同样幽默风趣。不过，我想，如果突然要我给学生上《英语用法和文体》这门课的话，我只需做一件事：把身子远远地探过讲台，两手抓住翻领，眨着眼睛说："读那本小书！读那本小书！读那本小书！"这就行了。

读过一本好，像交了一位益友，时间过得越长，情谊越深厚。

读书须有胆识，有眼光，有毅力（节选）

◎ 林语堂

两脚踏东西文化，一心评宇宙文章。

读书本是一种心灵的活动，向来算为清高。说破读书本质，“心灵”而已。“万般皆下品，惟有读书高”。所以读书一向称为雅事乐事。但是，现在雅事乐事已经不雅不乐了。今天读书，或为取资格，得学位，在男为娶美女，在女为嫁贤婿；或为做老爷，踢屁股；或为求爵禄，刮地皮；或为做走狗，拟宣言；或为写讣闻，做贺联；或为当文牍，抄账簿；或为做相士，占八卦；或为做塾师，骗小孩……诸如此类，都是借读书之名，取利禄之实，皆非读书本旨。亦有人拿父母的钱，上大学，跑百米，拿一块大银盾回家，在我是看不起的，因为这似乎亦非读书的本旨。读书本旨湮没于求名利之心中，可悲。

今日所谈的是自由地看书读书，无论是在校，离校，做教员，做学生，做商人，做政客，有闲必读书，所以开茅塞，除鄙见，得新知，增学问，广识见，养性灵。人之初生，都是好学好问，及其长成，受种种的俗见俗闻所蔽，毛孔骨节，如有一层包膜，失了聪明，逐渐顽腐。读书便是将此层蔽塞聪明的包膜剥下。能将此层剥下，才是读书人。点明读书要能破俗见陋习，复人之灵性。对死读书本固持陈念之人一段讥讽，令人心惊警惕。盖我们也未尝不有鄙俗之时。并且要时时读书，不然便会鄙吝复萌，顽见俗见生满身上，一人的落伍、迂腐，就是不肯时时读书所致。所以读书的意义，是使人较虚心，较通达，不固陋，不偏执。一人在世上，对于学问是这样的：幼时认为什么都不懂，大学时自认为什么都懂，毕业后才知道什么都不懂，中年又以为什么都懂，到晚年才觉悟一切都不懂。大学生自以为心理学他也念过，历史地理他亦念过，经济科学也都念过，世界文学艺术声光化电，他也念过，所以什么都懂，毕业以后，人家问他国际联盟在哪里，他说“我书上未念过”，人家又问法希斯蒂在意大利成绩如何，他也说“我书上未念过”，所以觉得什么都不懂。到了中年，许多人娶妻生子，造洋楼，有身分，做名流，戴眼镜，留胡子，拿洋棍，沾沾自喜，那时他的世界已经固定了：女子放胸是不道德，剪发亦不道德，读《马氏文通》是反动，节制生育是亡种逆天，提倡白话是亡国之先兆，《孝经》是孔子写的，大禹必有其人……意见非常之多而且确定不移，所以又是什么都懂。其实是此种人久不读书，鄙吝复萌所致。此种人不可与深谈。但亦有常读书的人，老当益壮，其思想每每比青年急进，就是能时时读书，所以心灵不曾化石，变为古董。

至于语言无味，都全看你所读是什么书及读书的方法。读书读出味来，语言自然有味，语言有味，做出文章亦必有味。有人读书读了半世，亦读不出什么味来，都是因为读不合的书，及不得其读法。读书须先知味。读书知味。世上多少强读人，听到此语否？这味字，是读书的关键。所谓味，是不可捉摸的，一人有一人胃口，各不相同，所好的味亦异，所以必先知其所好，始能读出味来。有人自幼嚼书本，老大不能通一经，便是食古不化勉强读书所致。袁中郎所谓读所好之书，所不好之书可让他人读之，这是知味的读法。若必强读，消化不来，必生疳积胃滞诸病。

口之于味，不可强同，不能因我的所嗜好以强人。先生不能以其所好强学生去读。父亲亦不得以其所好强儿子去读。所以书不可强读，强读必无效，反而有害，这是读书之第一义。有愚人请人开一张必读书目，硬着头皮咬着牙根去读，殊不知读书须求气质相合。人之气质各有不同，英人俗语所谓“在一人吃来是补品，在他人吃来是毒品”。因为听说某书是名著，因为要做通人，硬着头皮去读，结果必毫无所得。过后思之，如作一场恶梦。甚且终身视读书为畏途，提起书名来便头痛。

萧伯纳说许多英国人终身不看莎士比亚，就是因为幼年塾师强迫背诵种下的果。

所以读书不可勉强，因为学问思想是慢慢胚胎滋长出来。其滋长自有滋长的道理，如草木之荣枯，河流之转向，各有其自然之势。逆势必无成就。树木的南枝遮荫，自会向北枝发展，否则枯槁以待毙。河流遇了矶石悬崖，也会转向，不是硬冲，只要顺势流下，总有流入东海之一日。世上无人人必读之书，只有在某时某地某种心境不得不读之书。警句。有你所应读，我所万不可读，有此时可读，彼时不可读，即使有必读之书，亦决非此时此刻所必读。见解未到，必不可读，思想发育程度未到，亦不可读。孔子说五十可以学易，便是说 45 岁时尚不可读《易经》。刘知几少读古文《尚书》，挨打亦读不来，后听同学读《左传》，甚好之，求授《左传》，乃易成诵。《庄子》本是必读之书，然假使读《庄子》觉得索然无味，只好放弃，过了几年再读。对庄子感觉兴味，然后读庄子。读书要等兴味来。

且同一本书，同一读者，一时可读出一时之味道出来。其景况适如看一名人相片，或读名人文章，未见面时，是一种味道，见了面交谈之后，再看其相片，或读其文章，自有另外一层深切的理会。或是与其人绝交以后，看其照片，读其文章，亦另有一番味道。四十学《易》是一种味道，五十而学《易》，又是一种味道。所以凡是好书都值得重读的。自己见解愈深，学问愈进，愈读得出味道来。

由是可知读书有二方面，一是作者，一是读者。程子谓《论语》读者有此等人与彼等人。有读了全然无事者；亦有读了不知手之舞足之蹈之者。所以读书必以气质相近，而凡人读书必找一位同调的先贤，一位气质与你相近的作家，作为老师，这是所谓读书必须得力一家。意思是要人找到师法对象，全心投入、气质浸润。此即读书以“情”读和以“智”读之区别。不可昏头昏脑，听人戏弄，庄子亦好，荀子亦好，苏东坡亦好，程伊川亦好。一人同时爱庄荀，或同时爱苏程是不可能的事。找到思想相近之作家，找到文学上之情人，心胸中感觉万分痛快，而魂灵上发生猛烈影响，如春雷一鸣，蚕卵孵出，得一新生命，入一新世界。尼采师叔本华、萧伯纳师易卜生，虽皆非及门弟子，而思想相承，影响极大。当二子读叔本华、易卜生时，思想上起了大影响，是其思想萌芽学问生根之始。因为气质性灵相近，所以乐此不疲，流连忘返，流连忘返，始可深入，深入后，如受春风化雨之赐，欣欣向荣，学业大进。

读书须有胆识，有眼光，有毅力。说回前面论点，最后一点，也即读书全部之主旨，读出自己性灵来。胆识二字拆不开，要有识，必敢有自己意见，即使一时与前人不同亦不妨。前人能说得我服，是前人是，前人不能服我，是前人非。人心之不同如其面，要脚踏实地，不可舍己耘人。诗或好李，或好杜，文或好苏，或好韩，各人要凭良知，读其所好，然后所谓好，说得好的道理出来。或竟苏韩皆不好，亦不必惭愧，亦需说出不好的理由来，或某名人文集，众人所称而你独恶之，则或系汝自己学力见识未到，或果然汝是而人非。学力未到，等过几年再读，若学力已到而汝是人非，则将来必发现与汝同情之人。刘知几少时读前后汉书，怪前书不应有古今人表，后书宜为更始立纪，当时闻者责以童子轻议前哲，乃“赧然自失，无辞以对”，后来偏偏发见张衡、范晔等，持见与之相同，此乃刘知几之读书胆识。因其读书皆得之襟腑，非人云亦云，所以能著成《史通》一书。如此读书，处处有我的真知灼见，得一分见解是一分学问，除一种俗见，算一分进步，才不会落入圈套，满口烂调，一知半解，似是而非。

读书是至乐的事。

读诗是心灵留下的记录

◎（英国）雪　莱

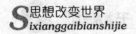

一首伟大的诗篇像一座喷泉一样，总是喷出智慧和欢愉的水花。

读诗是最快乐、最美好的心灵在最美好、最快乐的时刻留下的记录。每个人都能感到自己的心中常有转瞬即逝的思想、感情的造访，它们有时与地点或人物相关，有时只与我们自己的心灵有关。它们总是不期而至又不辞而别，然而总是无以言喻地使我们的心头升腾起快乐与庄严。所以，在它们的消逝带来的遗憾和惆怅中，我们依然能感到快乐，这快乐已融入了我们的本质中。缪斯的到来，仿佛一个更为神圣的天性渗透到我们自身的天性中，只是它的脚步好似一阵掠过海面的风，当波浪平静之后，它也消失了踪影，只剩下层层细沙，铺满寂静的海滩。这一切以及类似的情景，只有情感特别细腻、想象力特别丰富的人才能体味到。处于这种状态下，人的心境容不得任何一种低级粗俗的欲望。在本质上，美德、爱情、友谊、爱国主义等炽热的感情正是与这些快乐的感情相联的。只要这些感情存在，自我就只不过是沧海之一粟。诗人不仅是感情细腻的精灵，而且能够体味到这一切，他们还要饱蘸这来自天国的瞬息即逝的颜色，来渲染他们所体味的一切。一个单词，一个笔触，在写景或抒情中都会扣向人们沉醉中的心弦，从而在那些曾体验过这些情感的人们当中，唤醒那沉睡的、冰冷的、埋葬了的往昔的意境。就这样，读诗能使世间一切最美好的事物得到永生。它捕捉到飘入人生阴影中的转眼即逝的幻像，用语言或形式来点缀它们，然后把它们送往人间，给人类带去快乐的喜讯，因为人类正与它们的姐妹们居住在一起——读诗拯救了降临于人间的神性，使它免遭灭亡。

读诗使万物变得可爱。它使美的东西锦上添花，使畸形的东西变得美丽；它使狂喜与恐惧、悲伤与快乐、永恒与变幻缔结姻缘；在它柔和的压力下，势不两立的事物变得彼此相容。它所触及的一切都发生了变化。在它的光芒照耀下，每一种形态都获得一种神奇的同感，变成了它所呼出的灵气的化身。它是神秘的炼丹术，它能把渗入生命的死亡的毒液变成可以饮用的仙汁。它揭开了世界平淡无奇的面纱，露出赤裸的酣眠的美，这美就是世界一切形象的精神。

唯向书中觅知己

◎梅　筠

语言属于一个时代，思想属于许多时代。

爱书虽不致成狂，嗜书却已如命。近一两个月来，把自己囚于斗室中，让思维似一匹脱缰的野马，一条入水的游鱼，又若一只展翅的小鸟，自由自在，无拘无束，于知识的草原驰骋，于广漠的学海里泅游，于无涯无尽的蓝空遨飞。而后，冥想，冥想着一个个的人生道理，再把罗素、叔本华、尼采的人生哲理，串成了一首长长的歌。

听说玩物会丧志，而沉浸于书中不知是否会走入魔道？若果会，那么，就让我入了魔道吧！然后断我筋脉，废我武功。而后，我将背负书本，纵身跃进书海里。

灯晕复盖，黄圈圈，于低矮的案旁，我一卷在握，忘了今

夕何夕？世俗的繁琐，尘寰中的纷争，人群中呲牙恶笑的虚伪，阿谀奉承的媚眼，我何必匿藏于心中，磨灭心志？

窗外，清风掀帘，好风如水，好月如流，莹莹月色中，一个孤寂的声音，由远而近，由近而远，那是谁？是一个孤独的夜归人？一个被遗弃者？是一个无家可归的醉汉？翻开书，窗外月华泻进来，一页页温馨的书页传来了一股醉人心脾的清凉意；我漫步于静寂的秋月下，听到琴声缓起，轻轻的滑落银盘，锵锵有声；我又似驾着一叶小舟，航行于汹涌澎湃的茫茫大海中，于狂风暴雨的吹打下，无法力挽狂涛，就在这千钧一发之际，远处射来了一道光线，原来却是灯塔，希望、光明就在前方。

世态本就炎凉，人情薄若脆纸，一戕即破。世情冷暖，像乍起的冬风，又若闷热的长夏，乍冷乍热。唯独书，才是可爱的良伴，不必惧怕她的善变，不必惧怕她的言而无信。书，她总是默默地、忠心耿耿地，像一位良师，像一位益友，随时伴在左右，擎着一盏引路的明灯。

曾把书比喻为自己的第二生命，在我饱尝无情冷眼时，唯有向书中觅知己。

想象里蕴藏着感觉，而判断里又蕴藏着想象。

读书使人充实

◎（英国）培　根

史鉴使人明智，诗歌使人巧慧，数学使人精细，博物使人深沉，伦理之学使人庄重，逻辑与修辞使人善辩。

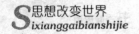

读书可以作为消遣，可以作为装饰，也可以增长才干。孤独寂寞时，阅读可以消遣。高谈阔论时，知识可供装饰。处世行事时，正确运用知识意味着才干。懂得事物因果的人是幸运的。有实际经验的人虽能够处理个别性的事务，但若要综观整体，运筹全局，却唯有学识方能办到。读书太慢会弛惰，为装潢而读书是欺人，只按照书本办事是呆子。

求知可以改进人性，而经验又可以改进知识本身。人的天性犹如野生的花草，求知学习好比修剪移栽。学问虽能指引方向，但往往流于浅泛，必须依靠经验才能扎下根基。狡诈者轻鄙学问，愚鲁者羡慕学问，聪明者则运用学问。知识本身并没有告诉人怎样运用它，运用的智慧在于书本之外。这是技艺，不体验就学不到。

读书的目的是为了认识事物原理。为挑剔辩驳去读书是无聊的，但也不可过于迷信书本。求知的目的不是为了吹嘘炫耀，而应该是为了寻找真理，启迪智慧。

书籍好比食品，有些只须浅尝，有些可以吞咽。只有少数需要仔细咀嚼，慢慢品味。所以，有的书只要读其中一部分，有的书只须知其中梗概，而对于少数好书，则要通读，细读，反复读。

有的书可以请人代读，然后看他的笔记摘要就行了。但这只应限于不太重要的议论和质量粗劣的书。否则一本书将像已被蒸馏过的水，变得淡而无味了！读书使人充实，讨论使人机敏，写作则能使人精确。

因此，如果有人不读书又想冒充博学多知，他就必须很狡黠，才能掩饰无知。如果一个人懒于动笔，他的记忆力就必须强而可靠。如果一个人要孤独探索，他的头脑就必须格外锐利。

读史使人明智，读诗使人聪慧，演算使人精密，哲理使人深刻，道德使人高尚，逻辑修辞使人善辩。总之，“知识能塑造人的性格。”

不仅如此，精神上的各种缺陷，都可以通过求知来改善——正如身体上的缺陷，可以通过适当的运动来改善一样。例如，打球有利于腰背，射箭可扩胸利肺，散步则有助于消化，骑术使人反应敏捷，等等。同样，一个思维不集中的人，他可以研习数学，因为数学稍不仔细就会出错。缺乏分析判断力的人，他可以研习形而上学，因为这门学问最讲究繁琐辩证。不善于推理的人，可以研习法律案例，如此等等。这种种心灵上的缺陷，都可以通过求知来治疗。

读书好似点燃火炬，每个字都将迸发出智慧的火星。

思想在赏读经典中睿智

(德国) 叔本华

一种纯粹靠读书学来的真理，与我们的关系就像假肢、假牙、蜡鼻子甚或人工植皮，而由独立思考获得的真理就如同我们天生的四肢，只有它们才属于我们。

我们读书时，是别人在代替我们思想，我们只不过是重复他的思想活动的过程而已，犹如儿童启蒙习字时，按照教师以铅笔所写的笔划画葫芦一般。因此，我们暂不自行思索而拿书来读时，会觉得很轻松，然而在读书时，我们的头脑实际上成为别人思想的运动场了。所以，读书而不加以思考，决不会有心得，即使稍有印象，也浅薄而不生根，大抵在不久后又会淡忘丧失。

温习是研究之本。任何重要的书都要立即再读一遍，一则

因再读时更能了解所述各种事情之间的联系，知道其末尾，才能彻底理解其开端；再则因为重读时，在各处都会有与初读时不同的情调和心境，因此所得的印象也就不同，此犹如在不同的照明中看一件东西一般。

道理相同，一条弹簧如久受外物的压迫，会失去弹性，我们的精神也是一样，如常受别人的思想的压力，也会失去其弹性。况且被记录在纸上的思想，不过是像在沙上行走者的足迹而已，我们也许能看到他所走过的路径，但我们想要知道他在路上看见些什么，则必须用我们自己的眼睛。

在文学中，也有无数的坏书，像蓬勃滋生的野草，伤害五谷。它们原是为贪图金钱，营求官职而写成，却使读者浪费时间、金钱和精神，使人们不能读好书，做高尚的事情。这不但无益，而且危害甚大。

因此，我们读书之前应牢记“绝不滥读”的原则，不滥读是有方法可循的，就是不论何时凡为大多数读者所欢迎的书，切勿贸然拿来读。你要知道，正享盛名，或者在一年中发行了数版的书籍，不管它是政治性、宗教性的文本还是小说或诗歌，凡为“愚者”所作的是常会受大众欢迎的，不如用宝贵的时间专读已有定评的名著，只有这些书才是开卷有益的。

不读坏书，没有人会责难你，好书读得多，也不会引起非议。坏书有如毒药，足以伤害心神——因为一般人通常只读新出版的书，而无暇阅读先贤的睿智作品，所以连作者也仅停滞在流行思想的小范围中，我们的时代就这样在自己所设的泥泞中越陷越深了。

有许多书，专门介绍或评论古代的大思想家，一般人喜欢读这些书，却不读那些大家的原著。这是因为他们只顾赶时髦，其余的一概不理会，又因为“物以类聚”的道理，他们觉得现今“庸人”的浅薄无聊的话，比明哲先贤的思想更容易理解，所以古代名作难以入目。

我很幸运，在童年时就读到了施勒格尔的美妙警句，以后也常奉为圭臬，“你要常读古书，读古人的原著；今人论述他们的话，没有多大意义”。

没有别的事情比读古人的名著更能给我们带来精神上的快乐。我们一拿起这样的古书来，即使只读半小时，也会觉得无比的轻松、愉快、清净、超逸，仿佛汲饮清冽的泉水般舒适。这原因，一则是由于古代语言之优美，再则是因为著者眼光之深远及思想之深邃，其作品虽历数千年，仍无损其价值。高级的精神文化，往往会使我们逐渐达到另一种境界，从此可不必再依赖他人以寻求乐趣，书中自有无穷之乐。

从根本上说，只有我们独立自主地思索，才真正具有真理和生命。因为，惟有它们才是我们反复领悟的东西。他人的思想就像夹别人飨桌上的残羹，就像陌生客人换下的衣衫。

没书就过不了日子

赵淑侠

我不是弄文学的科班出身，也不属于任何流派。我写，只因为我有要写的感情，有要说的话，有愿为文学奉献的狂热和忠心。

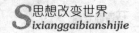

我在很多事情上都表现得不是个有恒心的人，就说写作一项，也是今天打鱼明天晒网，写着写着忽然画起画来，画着画着又掷下颜色盘写起来了。唯有对于读书一项，我可以大言不惭他说是相当有恒的。

童年时代在四川，正是抗日战争打得最艰苦的时候，别说市面上看不见什么小孩子的玩具，就是看见也买不起。我们住的那个小镇号称文化区，除了几间大中学校之外，最能表现文化气息的地方乃是几间书店。我那时不懂什么叫文化，不过最喜欢做的事却是串书店——因为在那里面发现了宝藏：剧本、小说、鲁迅、巴金，多么迷人啊！10岁之前我就看这些大人书籍了，童话反而是成人以后才看的。后来我家搬到一间书店的隔壁，我跟老板和伙计都弄得挺熟，借书容易得仿佛那架上满满的书全为我所有，令我颇有如鱼得水的喜悦。我那时痴迷书籍迷得废寝忘食，上了初中以后迷得更凶，老师交代的功课只见我懒洋洋地不睬不理，如果上课时不偷看小说就对他算是客气的了。这情形使父母大伤脑筋，严厉地禁止我如此下去。我白天不能看就晚上看，从此养成了“夜读”的习惯，直到现在，如果不躺在床上看看书报的话，就别想入梦。躺在软软的枕头上于阅读中浑然入梦，当然是很享受的事，但是危险性甚大，假若那书太吸引人，你读得欲罢不能，很可能就读到大半夜，说不定会读个通宵。人年轻时不在乎，年纪渐渐大起来，岂不是跟自己的健康开玩笑？所以，我认为当做父母的，发现孩子有因沉迷于看闲书而荒废课业的情形时，不要硬性地去禁止，最好能以了解的态度去疏导，什么书宜看，什么书不宜看，应该在什么时间看，用商量的方式去指引，远比严厉的命令好。凡是会“着迷”、“上瘾”的事都不易断绝，而看闲书最是集着迷上瘾之大成，如何能叫他不许看，他就真不看了呢？

再说，孩子们爱看书是好事，喜好看课外书的孩子绝不会去做武斗的小流氓，因此做家长和做老师的，都该鼓励孩子们看“闲书”，并且要想法子让他不妨碍课业。

读了几十年闲书，经验不可谓不丰富，觉得人看书的口味是跟着生命历程走的。童年时喜爱热闹惊险的，少年时专挑诗情画意的——少年情怀总是诗嘛！没有愁也要强说一番，青年时光看“请多带手帕”的爱情大悲剧自然是不够，要装模做样地研究哲理书籍了。否则显得太肤浅了！人到中年，诗情渐逝，也无心再造作出深奥不可一世的样子，恬淡悠远的散文集便进入生命了。

老年人多半爱看传记、历史或有关宗教的书，想来不外是辛劳了一生，人世的悲欢离合、甜酸苦辣已看尽，不愿再受人教训，作家们的生花妙笔也感动不了那颗洞明世事的心，只想在回忆、解脱和永恒之间找寻安慰了。

最愚笨的人看不懂书，最智慧的人不需要书，唯有不太笨也不太智慧的芸芸众生，没书就过不了日子。至少对我来说，如果没有书，这世界也就不成其为世界了。

写作是劳动，是充满思想的劳动。

知其意，明其理

冯友兰

阐旧邦以辅新命，极高明而道中庸。

我从7岁上学起就读书，一直读了80多年，其间基本上没有间断，不能说对于读书没有一点经验。我所读的书，大概都是文、史、哲方面的，特别是哲学。我的经验总结起来有4点：精其选，解其言，知其意，明其理。

古今中外，积累起来的书真是多极了，浩如烟海。但是，书虽多，有永久价值的还是少数。可以把书分为3类，第1类是要精读的，第2类是可以泛读的，第3类是仅供翻阅的。所谓精读，是说要认真地读，扎扎实实地一个字一个字地读。所谓泛读，是说可以粗枝大叶地读，只要知道它大概说的是什么就行了。所谓翻阅，是说不要一个字一个字地读，不要一句话一句话地读，也不要一页一页地读。就像看报纸一样，随手一翻，看看大字标题，觉得有兴趣的地方就大略看看，没有兴趣的地方就随手翻过。听说在中国初有报纸的时候，有些人捧着报纸，就像念五经四书一样，一字一字地高声朗诵。照这个办法，一天的报纸念一天也念不完。大多数的书，其实就像报纸上的新闻一样，有些可能轰动一时，但是昙花一现，不久就过去了。所以，书虽多，真正值得精读的并不多。

怎样知道哪些书是值得精读的呢？对于这个问题不必发愁。自古以来，已经有一位最公正的评选家，有许多推荐者向它推荐好书。这个评选家就是时间，这些推荐者就是群众。历来的群众，把他们认为有价值的书，推荐给时间。时间照着他们的推荐，对于那些没有永久价值的书都刷下去了，把那些有永久价值的书流传下来。从古以来流传下来的书，都是经过历来群众的推荐，经过时间的选择，流传了下来。现在我们所称谓的“经典著作”或“古典著作”的书都是经过时间考验，流传下来的。这一类的书都是应该精读的书。

我们心里先有了这个数，就可随着自已的专业选定一些须要精读的书。这就是要一本一本地读，所以在一个时间内只能读一本书，一本书读完了才能读第二本。在读的时候，先要解其言。这就是说，首先要懂得它的文字；它的文字就是它的语言。语言有中外之分，也有古今之别。就中国的汉语笼统地说，有现代汉语，有古代汉语，古代汉语统称为古文。这些古文，都是用一般汉字写的，但是仅认识汉字还不行。我们看不懂古人用古文写的书，古人也不会看懂我们现在的《人民日报》。这叫语言文字关。攻不破这道关，就看不见这道关里边是什么情况，不知道关里边是些什么东西，只好在关外指手划脚，那是不行的。我所说的解其言。就是要攻破这一道语言文字关。当然要攻这道关的时候，要先作许多准备，用许多工具，如字典和词典等工具书之类。

中国有句老话“书不尽言，言不尽意”，意思是说，一部书上所写的总要比写那部书的人的话少，他所说的话总比他的意思少。这个缺点倒有办法可以克服，只要他不怕罗嗦就可以了。好在笔墨纸张都很便宜，文章写得罗嗦一点无非是多费一点笔墨纸张，那也不是了不起的事。可是言不尽意那种困难，就没有法子克服了。因为语言总离不了概念，概念对于具体事物来说，总不会完全合适，不过是一个大概轮廓而已。比如一个人说，他牙痛。牙是一个概念，痛是一个概念，牙痛又是一个概念。其实他不仅止于牙痛而已。那个痛，有一种特别的痛法，有一定的大小范围，有一定的深度。这都是很复杂的情况，不是仅仅牙痛两个字所能说清楚的，无论怎样罗嗦他也说不出来的，言不尽意的困难就在于此。所以，在读书的时候，即使书中的字都认得了，话全懂了，还未必能知道写书的人的意思。从前人说，读书要注意字里行间，又说读诗要得其“弦外音，味外味”。这都是说要在文字以外体会它的精神实质，这就是知其意。司马迁说过："好学深思之士，心知其意。"也是离不开语言文字的，但有些是语言文字所不能完全表达出来的。如果仅只局限于语言文字，死抓住语言文字不放，那就成为死读书了。死读书的人就是书呆子。语言文字是帮助了解书的意思的拐棍。既然知道了那个意思以后，最好扔了拐棍。这就是古人所说的"得意忘言"。在人与人的关系中，过河拆桥是不道德的事。但是，在读书中，就是要过河拆桥。

上面所说的"书不尽言"，"言不尽意"之下，还可再加一句"意不尽理"。理是客观的道理；意是著书的人的主观的认识和判断，也就是客观的道理在他的主观上的反映。理和意既然有主观客观之分，意和理就不能完全相合。人总是人，不是全知全能。他的主观上的反映、体会和判断，和客观的道理总要有一定的差距，有或大或小的错误。所以读书仅知得其意还不行，还要明其理，才不至于为前人的意所误。如果明其理了，我就有我自己的意，我就可以用它处理事务，解决问题。好像我用我自己的腿走路，只要我心里一想走，腿就自然而然地走了。读书到这个程度就算是能活学活用，把书读活了。会读书的人能把死书读活；不会读书的人能把活书读死。把死书读活，就能把书为我所用，把活书读死，就是把我为书所用。能够用书而不为书所用，读书就算读到家了。

智山慧海传真火，愿随前薪作后薪。

读最好的东西

◎（美国）梭　罗

书是世界的宝贵财富，是国家和历史的优秀遗产。

我想，我们识字之后，我们就应该读文学作品中最好的东西，不要永远重复 a—b—ab 和单音字，不要 4 年级 5 年级年年留级，不要终身坐在小学最低年级的教室里。许多人能读就满足了，或听到人家阅读就满足了，也许只领略到一本好书《圣经》的智慧，于是他们只读一些轻松的东西，让其的官能放荡或单调地度过余生。在我们的流通图书馆里，有一部多卷的作品叫做《小读物》，但我对此不甚了解，我想这大概是一个我没有到过的“市镇的名字”吧。

有种人，像贪食的水鸭和鸵鸟，能够消化一切，甚至在大吃了肉类和蔬菜都很丰盛的一顿之后也能消化，因为他们不愿意浪费。如果说别人是供给此种食物的机器，他们就是过屠门而大嚼的阅读机器。他们读了 9 000 个关于西布伦和赛福隆尼亚的故事——他们如何相爱、从没有人这样地相爱过、而且他们的恋爱经过也不平坦。总之，这些情节是；他们如何爱，如何栽跟斗，如何再爬起来，如何再相爱；某个可怜的不幸的人如何爬上了教堂的尖顶，他最好不爬上钟楼；他既然已经毫无必要地到了尖顶上面，那么欢乐的小说家干脆打起钟来，让全世界都跑拢来，听他说他如何又下来了！照我的看法，他们还不如将这些小说世界里往上爬的英雄人物一概变形为风信鸡人，好像他们时常把英雄放在星座之中一样，让那些风信鸡旋转不已，直到它们锈掉为止，但千万别让它们下地来胡闹，麻烦好人们。下一回，小说家再敲钟，哪怕那公共会场烧成了平地，也休想让我动弹一下。

写《铁特尔·托尔·但恩》的某位著名作家，又写了一部中世纪传奇，按月连载，连日拥挤不堪，大有欲购从速之势。大多数好读者睁着盘子大的眼睛，用坚定不移的原始的好奇心和极好的胃口，来读这些东西，胃的褶皱甚至也无需磨练，正好像那些 4 岁大的孩子们，成天坐在椅子上，看着售价两分钱的烫金封面的《灰姑娘》。据我所见，他们读后，连发音、重音、加强语气这些方面都没有进步，不必提他们对书中主旨的了解与应用主旨的技术了。其结果是，目力衰退，一切生机凝滞，普遍颓唐，智力的官能完全像脱皮一样脱掉。这一类的姜汁面包，是几乎每一天从每一个烤面包的炉子里烤出来的，比纯粹的面粉做的或黑麦粉和印第安玉米粉做的面包更吸引人，在市场上销路更广。

即使所谓“好读者”，也不读那些最好的书，我们康科德的文化又算得了什么呢？这个城市里，除了极少数例外的人，对于最好的书，甚至英国文学中一些很好的书，都觉得没有味道，而且连出身各所大学或所谓受有自由教育的人，对英国的古典作品也知道得极少，甚至全不知道。这些记录人类思想的古典佳作和经典文名篇，是很容易得到的，然而只有极少数人肯花功夫去接触它们。

有时间充实自己的精神生活，这才是真正的休闲。

无日或辍 无时或断

◎（新加坡）尤 今

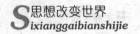

一个能思想的人，才是一个力量无边的人。

进了大学，受到校园风气的影响，我开始大量地阅读有关哲学、社会学和心理学方面的书。硬性的书读得多，我需要一些软性的书来加以调和。就在这个时期，我把阅读的触角伸向了浩如烟海的文艺作品里，整个地把我淹没了。这个时期的我，好似骤然闯入了一个百花齐放的园圃里，看到这里也花、那里也花，朵朵娇艳、朵朵鲜丽；五彩缤纷、香气扑人，目眩神迷之余，日夜不分的沉醉在内了！

读读读，无日或辍、无时或断。由于长期以来养成了持续不断的阅读习惯，所以这些年来，我几乎不能一日无书。有人说：不读书的人，言谈无味，面目可憎。然而，对于我来说，言谈和面目是不是无味、是不是可憎，都还是其次的问题，最主要的问题是，倘若不读书，我的日子，便过得无欢、无趣、无味、无乐。

过去，当我还是在籍学生时，看书比较有系统。总是把同一位作者的书看完了，才开始看另一个人的书。现在，我除了工作外，还要照顾家庭、还要从事笔耕，时间不但有限，而且，被分割得非常零碎。所以，难以拟定系统化的读书计划。

目前的我，什么书都看，硬性的理论、传记、杂文，软性的小品文、散文、小说，全看；来自东亚的、欧美的著述都读。

我看书，分两个步骤。第一个步骤是，囫囵吞枣、一目十行地看。这时候，眼睛好像长了翅膀，在书页上任意飞翔。虽然是看得很快，然而，由于是在全神贯注的情况下看的，所以我不曾辜负我手中的书。第二个步骤是，倘若读毕以后，觉得这是一部好书，我便会从头至尾再细细重读一遍。细读时，我会作眉批，有时是段批，有时是章批。在细读一本书期间，我会利用闲暇时间，速读另一本新书。一缓一速，循序并进。换言之，在以反刍的方式消化旧有知识的同时，我并没有放松自己对新知识的吸收。有一个问题，是别人常常问我的："你每天可以利用的时间，好像总比别人多出了一大截，究竟你是怎么分配的？"答案是，分秒必争，全力以赴。

我家里除了订阅 4 份日报外，还订了好些周刊、月刊、季刊，这些报纸和杂志，有许多都是在烟飞油溅的厨房里读完的——我在煎鱼煮饭的同时，利用中间的空当来读它们。此外，我多年以来坚持的一个习惯是：不论时间多晚，我在临睡以前一定要看上一个小时的书。倘若不看，便睡不安宁。日积月累的，被我眼睛消化了的书本，数目便十分可观了。由于日日夜夜都沐浴在书海里，有时晚上做梦，连梦都沾着书香呢！

我爱书。实在是太爱了，套一句目前流行的话："书，是我最始与最终的唯一。"我和书彼此相恋，永不相负。

思考需要读书，读书则是为了更好地思考，只有学识渊博的人，才会思维敏捷，举一反三。